박물관을
걸으며
생각한 것들

박물관을 걸으며 생각한 것들

이재영 지음
국립중앙박물관 사진·감수

사적인 국립중앙박물관 산책기

일러두기

- 이 책은 국립중앙박물관에서 온라인으로 발행한 〈행복배달부〉를 바탕으로 기획되었습니다. 다만 소장품에 관한 에세이는 국립중앙박물관의 견해와 다를 수 있습니다.
- 이 책에 실린 소장품 중 일부는 문화재 보존을 위해 수장고에 보관 중이어서 전시실에서 볼 수 없을 수도 있으나, e-뮤지엄에서 고해상 사진으로 감상할 수 있습니다.
- 이 책에는 '문화포털'에서 제공하는 전통문양이 일부 활용되었습니다.

여는 말

국립중앙박물관 야외 석조물정원에 대숲이 있다. 바람이 부는 날이면 사라락 사라락 하는 소리가 어찌나 좋은지 한참을 서 있게 되는 그런 곳이다. 바람을 기다리노라면 고양이들이 그 앞을 지나간다. 검은 털이 매끈한 한 마리와 짙은 갈색 바탕에 검은 줄무늬가 멋진 한 마리다. 대숲 앞에는 고려시대 부처상이 두 개가 있는데 고양이들은 그 사이를 무람없이 지나다닌다. 이 부처상들은 국립중앙박물관의 주요 기증자인 동원 이홍근의 아들 이상용이 기증한 것이다. 왼쪽 부처는 손에 꽃을 든 미륵부처로 추정되고 오른쪽 부처는 가슴 앞에 낸 손에 약그릇 같은 작은 물건을 쥐고 있어 중생을 치료하는 약사부처로 짐작한다.

바람이 불고 솨, 대숲이 흔들리는 소리가 나면 고양이들이 지나간다. 그 풍경 안에 있는 것만으로 마음의 평화가 찾아온다. 부처상 사이를 지나 다시 대숲으로 사라지는 고양이들을 눈으로 좇으며 생각한다. 어쩌면 고양이는 약사부처가 쥐고 있는 약을 전해주기 위해 세상에 존재하게 된 게 아닐까? 책임감을 갖고 삶을 긍정하게 되는 그런 약을.

이 책 《박물관을 걸으며 생각한 것들》은 국립중앙박물관 소장품의 역사적 의미, 예술적 가치, 당대 배경과 지식에 관한 것이 아니라, 이 시대 대한민국에 살고 있는 평범한 한 사람이 기존의 엄숙한 시선에서 벗어나 박물관 곳곳을 산책하듯 걸으며 써내려간 유물 감상기이다. 신윤복의 그림에서 크롭탑을 연상하고, 조선시대 연적에서 굿즈를, 구석기 주먹도끼에서 건조기를 떠올리는 식으로, 학술적 근거에서 벗어난 개인의 상상을 유물에 포개놓았다.

'유물과 다른 듯 닮은 이야기들을 읽고 국립중앙박물관에 가서 유물을 만나 유물과 닮은 자기의 이야기를 떠올려보세요'라고 여러 번 썼다 지웠다. 너무 뻔한 말 같아서 그랬는데 아무리 생각해도 저 말만 한 게 없다. 누군가의 현재였던 유물이 나의 현재와 만나면 조금 더 가까워지곤 했다. 여러분도 꼭 경험해보길 바란다.

차례

담아두고 싶은 것들

오후 2시, 대극장 메인 조명 같은 강렬한 햇살이 떨어진다. 나무와 건물 그림자가 없는 거실의 평평한 어느 한 지점이다. 밤인지 낮인지 구별 없이 잠을 자던 강아지가 기지개를 켜고 일어나 어슬렁어슬렁 그곳으로 걸어가 털썩 배를 깔고 앉는다. 2시 22분쯤까지 한참을 움직이지 않고 해바라기한다. 충분히 볕을 쬐고 온몸에 햇살을 묻혀 보송보송하고 따끈해진 보드라운 털을 흔들면서 다시 어슬렁어슬렁 돌아온다. 그때다. 바로 그때 막 돌아온 강아지의 털 위에 코를 파묻고 태양, 아니 태양 빛을 머금은 공기 냄새를 맡는다. 화사하면서 청순하고 산뜻하면서 부드러운 냄새. 시각과 촉각이 후각 속으로 밀려든다. 숨을 크게 들이쉬고 내쉬면서 간절해진다. 언제든 맡을 수 있도록 이 냄새를 목이 긴 유리병에 잘 담아두고 싶다고.

신라 황남대총에서 출토한 봉수모양 유리병을 볼 때면 천오백여 년 전 사람들이 그 안에 어떤 걸 담았을지 궁금하다. 연한 푸른빛을 지닌 유리병. 주둥이와 목에 파란 띠를 두르고 손잡이에 정성스럽게 금실이 감긴 목이 긴 유리병. 실용적인 사람의 손에 들어갔다면 물이나 술을 담는 용도로 제 역할을 했겠지만 아무래도 그랬을 것 같진 않다. 아니 반드시 그러지 않았으면 좋겠다. 아름다운 것들은 무용하다는 오해를 받아야 가치 있어 보이는 법이니까. 그저 두고 보면서 절대 쉽게 손에 잡히지 않는 것들을 몰래 담아두었기를 바란다.

　절대 담을 수 없지만 꼭 담고 싶은 것들. 강아지 털 위에 묻은 오후의 햇볕이나 어떻게 해도 줄어들지 않는 그리운 마음이나 제일 좋았던 시절 불었던 따스한 봄바람 같은, 잡을 수 없지만 간절하고, 무용하지만 아름다운 것들이 이방인이 가져온 신비로운 유리병 안에 차곡차곡 담겨 있었기를.

봉수모양 유리병

시대 신라 5세기

소장품 번호 황남 3321

- 주둥이가 봉황 머리(봉수)처럼 생겼다고 하여 붙은 이름이다.
- 1984년 약 180여 개의 유리 조각을 하나하나 붙여서 재탄생시켰으며, 2015년에 최신 기술로 다시 복원했다.
- 손잡이를 두른 금실은 원래 있던 것이 아니다. 복원 당시 깨진 부분 수리를 위해 감을 것이 필요했는데, 귀한 것이라 금실로 감았다.
- 신라의 국제 교류 관계를 밝히는 데 매우 중요한 유물이다.

핫한 하루

오래된 동네 이름을 대며 친구가 꼭 함께 가자고 했다. 새로 생긴 곳이라면 어디든 찾아 나서는 친구는 동행을 제안할 때마다 꼭 앞에 '핫'을 붙인다. "핫하대, 핫해, 핫해질 거래, 핫한 사람들이 가는 곳이래." 친구와 얘기를 나누면 끊임없이 발사되는 '핫'에 온몸이 빨갛게 물드는 기분이다. 그래, 좋아. 친구가 대화 중에 '핫'을 더 난사하기 전에 얼른 알겠다고 말한다. 친구는 그 자리에서 약속 날짜와 시간을 잡는다. 새롭게 떠오르는 곳은 열기가 식기 전에 남들보다 빨리 다녀와야 하기 때문이란다.

재미있는 건 막상 '핫한' 곳에 도착한 뒤다. 후다닥 인증사진을 남긴 친구는 그때부터 흥미를 잃는다. 할 일을 다 끝냈다는 식이다. 핫한 곳이라고 해도 '앗 뜨거워' 할 정도로 대단하진 않아서일 거다. 어딜 가도 그랬다. 친구뿐 아니라 그곳에 있는 사람들도 비슷한 표정이다. 그들의 또 다른 공통점은 흥미는 잃었지만 자부심이 얼굴에 묻어난다는 것. 막상 들어가보니 그다지 뜨겁진 않지만 '핫'이라 불리는 테두리 안에 있다는 뿌듯함을 숨기지 못한다. 왜 사람들은 그곳에 모여들까? 외로워서일까? 부러워서일까? 재미있어서일까? 친구 손에 이끌려 간 핫플레이스에 앉아 열심히 관찰해보지만 도무지 모르겠다.

꽃이라면 사족을 못 쓰고 날아드는 나비들을 보면 '핫'을 찾아 옮겨 다니는 친구가 떠오른다. '핫'의 유효기간을 늘려주는 사람들도 함께. 하루는 호랑나비처럼, 또 하루는 파란 나비처럼, 어떤 날엔 흰나비처럼 잔뜩 빼입고 불 속으로 전진하는 사람들. 그림 속 꽃과 나비처럼 그들의 '핫'도 영원히 시들지 않고 오래도록 불타오르면 좋을 텐데.

명문가 출신이란 체통도 잊고 채를 휘두르며 나비를 쫓아다녔다는 남계우. 그 시절 그도 친구에게 자주 졸랐을까? 꽃과 나비가 가득한 핫한 곳, 아니 끝내주는 곳에 가자고.

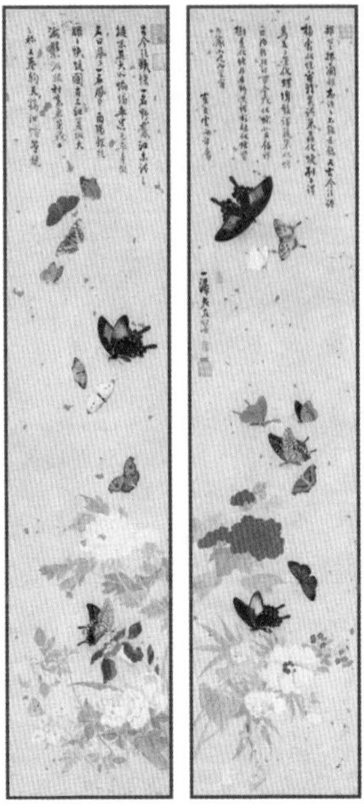

꽃과 나비

시대 조선 19세기

소장품 번호 덕수 719

- 남계우南啓宇(1811~1890년)는 '남나비'라고 불릴 만큼 사실적이고 섬세한 나비 묘사로 유명했다. 그는 수많은 나비 채집품을 책갈피에 끼워놓고 보면서 그림을 그렸다고 한다.
- 그림 위쪽에는 인장과 함께 나비와 관련한 글들이 적혀 있다. 그중 낙금서樂琴書라는 인장은 중국의 시인 도연명이 쓴 《귀거래사歸去來辭》에 나오는 '거문고와 책을 즐기며 시름을 달랜다樂琴書以消憂'는 구절에서 따온 것이다. 그 옆의 글은 중국 진나라 최표와 당나라 단성식이 쓴 문헌기록을 인용한 것으로, 나비의 형태와 크기, 색깔에 따른 종류와 명칭을 소개하고 있다.

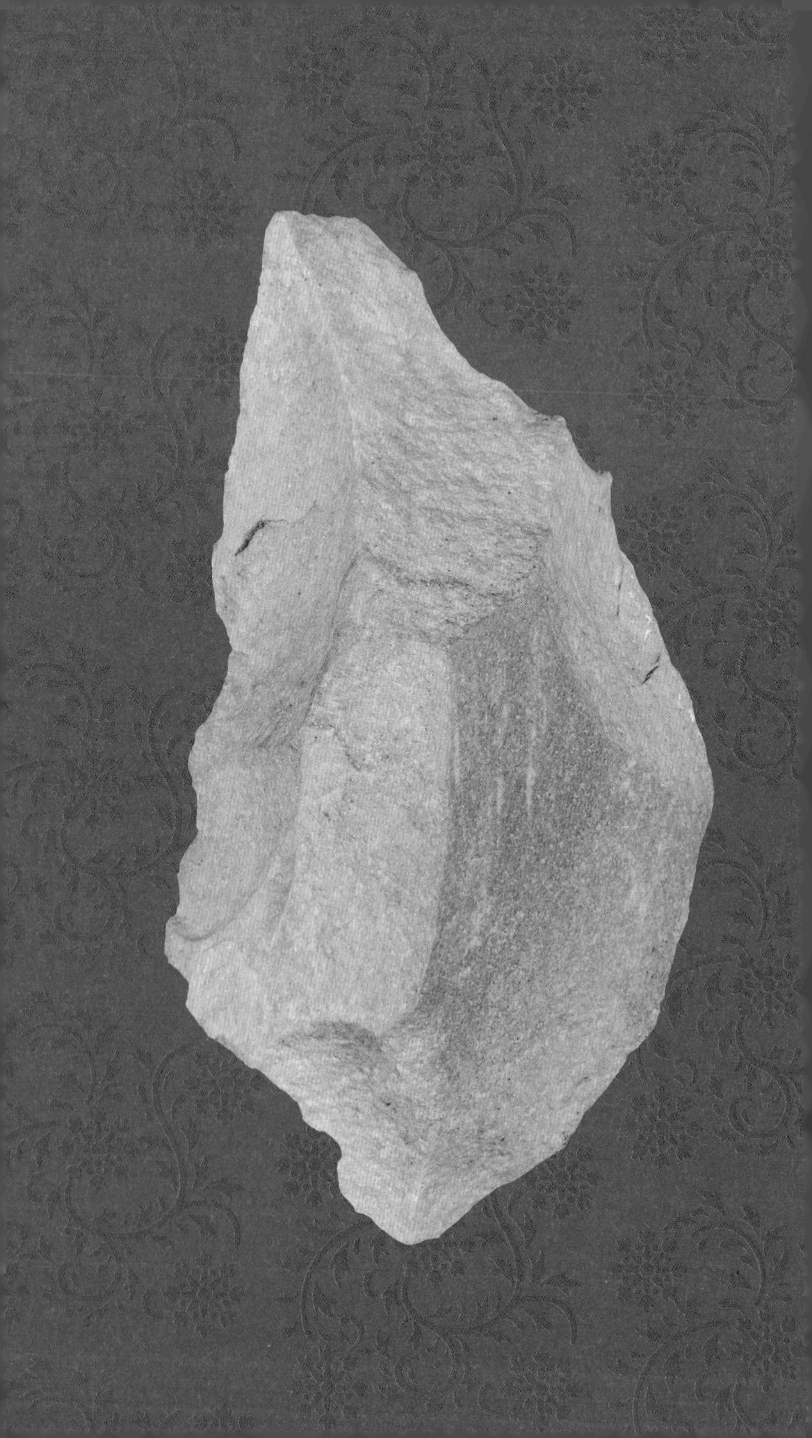

당신들의 필수품

기후변화로 날씨를 예측할 수 없어졌다. 이즈음 장마, 장마가 지나고 나면 무더위, 가을을 서두르는 태풍과 비, 그 뒤에 선선한 바람을 머금은 높은 하늘. 이런 공식들이 와르르 무너졌다. 봄의 어느 날 우박이 떨어지고, 가을 내내 비가 오거나 10월에 겨울을 맞기도 한다. 자연 앞에서 인간이 할 수 있는 일은 그저 내일을 기다리는 것이다.

한 달 내내 비가 와도 희망을 버리지 않고 내일 뜰 태양을 기다리는 수밖에 없다. 성인의 삶에서 비는, 비가 몰고 오는 습기는 살림의 훼방꾼. 설거지도 빨래도 개운하게 마르지 않으니 하루 종일 꿉꿉하게 지내야 한다. 날이 궂을 때마다 세탁기에 빨래가 쌓이고 설거지를 최소화하려고 끼니를 대충 때우면서 고민한다. 역시 건조기인가? 식기세척기도 사야 하나? 아니지 아니야. 에너지를 낭비하는 또 다른 환경파괴일 뿐이야. 악순환으로 가는 길이야. 참아야지.

김치냉장고도 로봇청소기도 처음에는 편리하고 신기한

가전제품이었는데 이젠 필수품이 됐다. 온 가족이 한 대의 전화기로도 잘 지냈는데 각자의 휴대폰과 태블릿과 노트북이 없는 삶을 상상할 수 없게 됐다. 필수품이라는 카테고리에 너무 많은 것들이 채워지고 있다.

비가 온다. 마르탱 파주가 소설 《비》에서 "범죄, 가난, 질병과 같은 열에 세워진다"라고 했던 그 비다. 필수품이 필요한 비다. 그러나 필수품의 유혹을 접고 작은 초를 켠다. 은은한 향이 무거운 습기를 밀어낸다. 이 정도면 됐다고 더는 세상을 망가뜨리지 말자고 다짐한다.

부드러운 돌덩이를 손에 쥐기 좋은 크기로 쪼개 날카롭게 날을 만든 주먹도끼. 동굴 안에 함께 사는 사람들이 배고프지 않도록 먹을 걸 구하는 데 썼겠지. 목숨을 다한 짐승 배를 가르고 떨어지지 않는 나뭇가지 위의 달콤한 것들을 얻을 때 말이다. 아침이 되어 누군가 주먹도끼를 손에 꼭 쥐고 나가면 누군가는 안심하면서 동굴 벽에 그림을 그렸을지도 모른다. 고단한 하루 끝에 예쁜 그림을 선물하고 싶어서. 우리의 필수품도 규암으로 만든 주먹도끼 정도였으면. 하나의 안에 모든 것이 담긴 단단하고 단출한, 세상에 해가 되지 않는 것이었으면 싶다.

주먹도끼

시대 구석기

소장품 번호 신수 51599

- 주먹도끼는 인간이 만들어낸 최초의 규격화된 도구이다. 이는 당시 인간이 계획에 따라 도구를 만들 수 있을 만큼 지적 수준이 발달했다는 걸 보여준다.
- 자르고, 찍고, 땅을 파는 등 다양한 기능을 하도록 만들었다.
- 1940년대 미국 고고학자 모비우스는 동아시아를 주먹도끼가 없는 찍개 문화권으로 규정했다. 이는 주먹도끼 문화권에 비해 열등하다는 것을 의미하는 것이다. 그러나 한반도에서 주먹도끼가 발견되면서 이러한 이분법적 학설은 폐기되었다.

뉘 집 자식들인가

평안감사향연도를 보자. 그냥 보지 말고 자세히 보자. 왼쪽부터 꼼꼼하게, 오른쪽부터도 좋다. 왼쪽 오른쪽 위 아래 가운데까지 구석구석 살피자.

평안감사가 대동강 앞에서 연 축제라는데 대단하다. 산 위에까지 사람들이 올라가 있다. 연회 하는 배, 음식 만드는 배. 관선뿐 아니라 개인 배들도 여기저기 많이 띄웠다. 돈 좀 있는 사람들은 배를 띄워 가까이에서 연회를 구경했나보다. 강 여기저기에 불을 놓았고 강가에 사람들이 횃불을 들고 서 있는데, 일종의 불놀이 같은 느낌이었을까? 야경이 없던 시절에 이글이글한 횃불들이 늘어선 모습은 장관이었겠다. 큰일이 있을 때 봉화를 올리는 성 위에도 횃불을 든 사람들이 죽 늘어섰다. 그야말로 불야성이다.

모여든 사람들을 보니 양반이고 평민이고 평양 사람은 다 나온 것 같다. 두루마기 색깔도 가지각색이다. 집도 재미있다. 성문 근처에는 번듯한 기와집들이 몰려 있고, 좀 떨어진 곳에는 초가집들이다. 지금과 다르지 않은 모습.

그리고 혹시 눈치챘나? 평양 술주정뱅이만큼 아빠 따라 나온 애들이 많다. 엄마 치맛자락 잡고 있는 꼬마들도 보이지만 아빠 등에 업혀 있거나 아빠 손 꼭 잡고 있는 어린이들이 보인다. 저희끼리 손잡고 나온 아이들도 여기저기 눈에 띈다. 조금 큰 애들 중에는 횃불을 들고 신이 난 녀석들도 있다. 작은 아이들은 뒤통수에도 흥분이 느껴진다. 신이 났겠지. 집 앞에 불빛이 반짝거리고 음악 소리가 둥둥 울리는 잔치가 열렸는데. 할아버지 할머니를 부축하는 아이, 아르바이트 하는 아이, 공부하다 왔는지 책을 든 아이도 보인다. 삿갓 쓴 아버지한테 뭔가 조르는 꼬마도 있다. 구석구석 살펴보라고 한 건 이 아이들을 놓치지 않았으면 해서다. 누군가의 해맑은 시절을 엿보는 건 괜히 기분이 좋아지는 일이다.

평안감사가 애들도 참석 가능하다고 방을 붙였나보다. 만약 저 으리으리한 축제가 '노 키즈'로 열렸다면 그림의 재미가 좀 덜했겠다. '노 키즈' 행사가 아니라서, 대동강변이 '노 키즈존'이 아니어서 다행이다. 고맙습니다, 평안감사님!

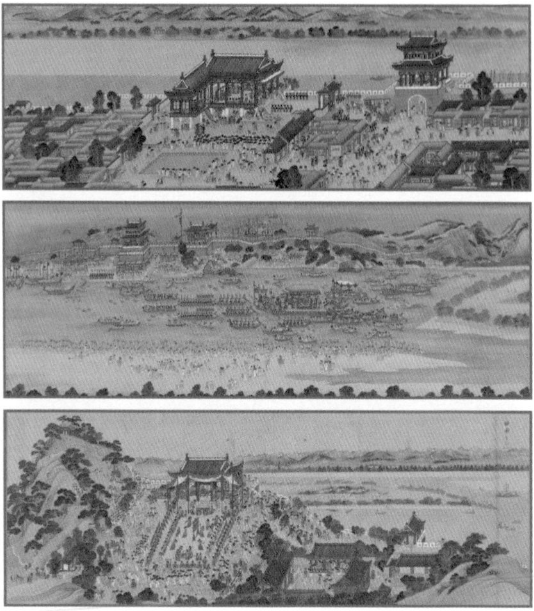

전 김홍도 필 평안감사향연도

시대 조선 18세기 후반

소장품 번호 덕수 5769

- 소장품 이름 앞에 들어간 '전傳'은 '전한다', '필筆'은 '붓으로 그렸다'는 뜻이다. 즉, 김홍도金弘道(1745~1806년 이후)가 붓으로 그린 것으로 전한다는 의미다.
- 평양 대동강에서 평안감사가 베푼 잔치의 모습을 담은 그림이다.
- 그림의 구도와 그림 오른쪽 위에 '단원사'라는 글씨와 도장이 찍혀 있어 김홍도가 그린 것으로 추정되나, 김홍도가 직접 그린 것인지는 확실하지 않다.

둥근 달 속 달콤하고 아름다운 것들

할머니 댁 작은 항아리는 소중한 보석함이었다. 레몬 맛, 오렌지 맛, 딸기 맛 사탕과 ABC 초콜릿, 불이 들어오는 보석 반지, 플라스틱 귀걸이와 목걸이, 큐빅이 박힌 반짝이는 티아라 같은 작고 예쁘고 소중한 것이 생길 때마다 할머니 댁 뽀얀 우윳빛 달항아리에 넣었다.

그렇게 잘 숨겨놓고 틈날 때마다 항아리에 손을 넣어 잡히는 것을 꺼내 가만히 들여다보곤 했다. 한낮 햇빛이 밀려들 때 항아리 안에 들어갔다 나온 손의 손가락을 하나씩 펼치면 심장이 달항아리처럼 부푸는 것 같았다. 초콜릿이나 사탕이 나오면 조심스럽게 껍질을 까서 단것을 입에 넣고 다시 한번 손을 집어넣었다. 그게 너무 좋아서 걸어서 10분 거리의 할머니 댁에 하루에도 여러 번 다녀왔다.

소중한 보석함이 집이 아닌 다른 곳에 있는 건 조금 불편했지만 어떻게 보면 다행이었다. 호시탐탐 내 물건을 망가뜨릴 준비를 하고 있는 어린 동생이 있는 집에 그 귀한 것들을 두는 건 위험했다. 마땅히 숨겨둘 곳도 없었다. 엄마는 크리스털 화병을 모았다. 영롱하게 빛이 나는 아름다운 물건이라 보석함에 더 어울렸지만 차마 손을 댈 수 없었다. 깨지는 물건이니 절대 만져서 안 된다는 엄마의 당부가 아니라도 이상한 거리감이 있었다. 소중한 보물들이 화려하게 빛나는 크리스털 안에 들어가면 못생겨질 것 같았다. 그게 싫었다. 달항아리는 화려하지 않아도 충분히 예뻤고 무엇보다 안에 숨겨놓은 것들까지 예쁘게 지켜줬다.

사탕과 초콜릿보다 더 달콤한 걸 알게 되고, 더는 손가락에 플라스틱 반지가 맞지 않게 되면서 점점 할머니 댁에 가지 않게 됐다. 학교에 다니고 학원에 가고 친구들과 어울리느라 바빴고, 보석함은 잊혔다.

다 자란 후에 달항아리를 마주할 때마다 어쩐지 그 안에 보물이 숨겨져 있는 착각이 인다. 크면 큰 대로 작으면 작은 대로 누군가의 소중하고 달콤한 것들을 숨기고 있는 것처럼 느껴진다. 나의 비밀도 안전하게 지켜줄 것 같아서 달항아리를 보면 어디에도 하지 못한 속 얘기를 몰래 넣어놓는다. 그럴 땐 어느 밤 등 뒤에서 어두운 길을 밝혀주는 둥근 달을 만난 듯 마음이 환해진다.

백자 달항아리

시대 조선 17세기 후반

소장품 번호 접수 702

- 생긴 모양이 달덩이처럼 둥그렇고 원만하다고 하여 달항아리로 불린다.
- 굽는 과정에서 한쪽이 조금 내려앉았다. 굽의 지름이 입 부분의 지름보다 조금 좁다.
- 푸른 기가 거의 없는 투명한 백자유를 입혔다.
- 흔히 맑은 흰빛과 너그러운 둥근 형태로 조선백자의 미를 대표하는 잘생긴 항아리로 꼽힌다.

오늘이 제일 좋은 날

산 아래 훤한 길이 뚫리고 그 길을 잇기 위해 산들은 메워지지 않는 커다란 구멍 하나씩 안고 산다. 산을 넘다 발아래 휙휙 소리가 들리면 잠깐 서서 뻥 뚫린 길을 바삐 가는 차의 꽁무니를 바라본다.

바라보면서 영화 〈박하사탕〉 속 영호처럼 터널을 밟고 서서 소리쳐볼까 고민한다. "나 다시 돌아갈래애애애!"라고 크게 외치면 어느 순간 어떤 지점으로 뚝 떨어질 것 같다. 그런 일이 일어날 리 없건만 혹시라도 어딘가로 돌아가게 될까 소리치지 못한다. 그냥 재미로라도 한번 해보면 되는 걸, 장난 같은 일에도 용기를 못 내겠다.

겁쟁이는 기껏해야 입을 꾹 다물고 마음속으로 소심하게 중얼거릴 뿐이다. 언제로 돌아가고 싶은데? 그러면서 머릿속으로 다시 돌아가고 싶은 순간들을 펼쳐본다. 유년기? 학창 시절? 스무 살? 서른 살? 첫 직장? 아무리 생각하고 또 생각해도 돌아가고 싶은 순간이 없다.

인생의 어느 순간이든 좋은 일과 나쁜 일이 함께한다. 잃고 싶지 않은 것과 하루빨리 잊고 싶은 것이 공존하는 생의 한 땀 한 땀. 그때는 참 사람이 좋았지 싶다가 겨우 떼어낸 악연이 떠오르고, 일이 많아서 참 좋았지 싶다가 일하느라 망가진 몸의 통증이 느껴진다. 어느 시기든 약분해버릴 수도 없는 그 자체로 버티고 있는 고달팠던 시간이 있어 어디로도 돌아가고 싶지 않다.

산 위에 서서 지나는 차를 보며 이런저런 생각을 하다 겨우 조그맣게 한마디 내뱉는다. 지금이 제일 좋아. 나중 일은 모르겠고 일단 오늘이 제일 좋은 날이야. 《월든》에도 나오잖아. "과거와 미래를 포함하여 그 어느 시대도 지금보다 더 거룩하지는 않을 것이다"라고.

귀하고 고운 꽃신. 여인의 곱고 아름다운 비단신. 그 옛날 사람들은 얄궂은 생의 풍파를 참아내며 꽃신 신을 날을 기다렸다지. 언젠가 좋은 날이 오겠지 하면서 하염없이 기다렸다지. 하지만 아무리 생각해도 꽃신을 신을 날은 기다릴 필요 없이 오늘이다. 어제도 내일도 아닌 오늘이 꽃신 신기 제일 좋은 날.

채용신 필 숙부인 전주이씨 초상

시대 1928년

소장품 번호 구 9681

- 채용신蔡龍臣(1850~1941년)이 그린 이석우李錫禹 부부 초상 중 부인의 초상화이다.
- 산수병풍을 배경으로 앉은 얼굴은 사진을 보는 듯 생생하다. 사선으로 깔린 화문석, 발받침 없이 양발을 내려놓은 점 등에서 채용신 초상의 특징을 엿볼 수 있다.
- 채용신은 37세 늦은 나이에 무과에 합격하여 10여 년간 무관 생활을 했으나 51세가 넘어서 어진 등을 그리며 초상화가로서 명성을 얻게 된다. 특히 면암 최익현崔益鉉(1833~1907년)을 만나 스승으로 섬기게 되면서 그와 그의 제자, 주변 인물들의 초상화를 그렸고, 이후로는 많은 항일투사의 초상화를 그렸다.

손가락이 긴 남자

이상형은 손가락이 긴 남자다. 이른 아침 등굣길, 겨우 서 있을 수 있는 만원 버스에서 긴 손가락을 찾는 일에 몰두했었다. 손잡이와 기둥 곳곳에 크고 작은 손들이 중첩되고 그중 유난히 긴 손가락을 만날 때도 있었지만 손가락 주인을 찾지 못하는 것이 만원 버스의 비극이었다. 얼굴을 확인할 수 있는 긴 손가락의 남자는 화면 속에만 존재했다. 소지섭이 두부를 썰던 장면이 또렷하다. 길고 긴 손가락이 춤을 추듯 부드럽게 썰어낸 두부 조각이란! 그때만큼은 그의 손에 쥐어진 칼 아니 그의 손가락이 포개진 두부였으면 했다.

이모들은 혀를 찼다. 긴 손가락은 게으름의 징표라고 했다. 작고 단단한 손이 야무지게 일을 잘한다면서 편히 살고 싶으면 그런 손을 찾으라고 진지하게 충고했다. 그럴 때마다 두 귀를 막고 도리도리 고개를 저었다. 이모들은 어려서 하던 짓을 그대로 한다며 깔깔댔다.

이모들이 아무리 놀려대도 마음은 변치 않았다. 희고 긴 손이면 게을러야지, 게으른 게 어때서. 생각이 깊다는 거잖아. 오래 생각하니까 행동이 느린 것뿐이야. 긴 손가락을 너무 재빠르게 움직이는 건 긴 손가락에 대한 예의가 아니야! 소리를 치면서 굳건하게 나의 취향을 지켜냈다.

감히 이런 말을 해도 될지 모르겠는데, 10세기 전반에 조성된 철조여래좌상을 처음 봤을 때 너무 놀랐다. 내가 찾던 손가락이 거기 있었다.

"아니 부처님! 어쩜 이렇게 손가락이 길고 아름다우십니까! 우리는 왜 이제야 만난 걸까요. 긴 눈꼬리, 짧은 인중, 작은 입, 당당한 어깨와 늘씬한 허리 조화롭고 아름답지만 무엇보다 최고는 긴 손가락이라고 생각해요. 무엄한 일인가요? 불경한가요? 그렇지만 이렇게 완벽한 긴 손가락은 처음인걸요. 부처님 이름을 걸고 맹세하는데 소지섭 손가락보다 조금 더 우아한 것 같습니다."

돌고 돌아 결국 긴 손가락의 남자를 이렇게 만나고야 말았다.

철조여래좌상

시대 고려 10세기 전반

소장품 번호 덕수 2748

- 철로 만들었고 높이 약 2.9미터에 무게는 6톤을 넘는다.
- 통일신라의 대표적인 불상인 석굴암 본존불과 상당히 비슷하다.
- 긴 눈꼬리, 짧은 인중, 작은 입 등의 표현은 고려 초기 불상의 대표적인 특징이다.

다정한 음식의 세계

최근에 가장 어려운 것은 배달앱에서 메뉴를 정하는 일이다. 어찌나 다양하고 많은지 온 세계 음식이 손안에서 서로 자기를 선택하라고 아우성이다. 오래전에는 어떤 음식을 잊지 못해 여행을 떠나기도 했다. 어느 곳에 가야만 먹을 수 있는 것들이 있었다. 이성당의 빵을 먹으려면 반드시 군산에 가야 했던 것처럼. 이제는 전국 각지 택배가 되고 아시아, 유럽, 미주의 특정 지역 향토 음식까지 배달이 된다. 화장품 냄새가 난다고 기겁을 하던 고수도 익숙해져서 듬뿍 넣어달라는 사람들이 늘고, 모닝글로리라 불리는 더운 지방 채소 공심채를 따로 키우는 집도 많아졌다. 10여 년 전만 해도 들어보지 못했던 마라탕이 소울푸드가 되고, 이탈리아 산속에서 어렵게 채취한다는 귀한 트뤼프 향이 들어간 과자가 출시되는 시대.

이렇게 많은 음식들이 있었나, 비슷한 재료를 이용해 다양한 요리를 개발한 인류의 발전이 새삼스럽다. 다 먹어본 것 같아도 새로운 음식들이 계속 나오고, 비슷한 맛 같지만 색다른 풍미가 입을 즐겁게 해준다.

고르지도 못하고 메뉴를 한참 들여다보다가 문득 궁금하다. 어떤 재료가 음식이 되는 과정과 그렇게 만들어진 음식이 널리 널리 전파되기까지 어떤 이야기가 있을까? 멋대로 짐작해보자면 이렇게 많은 음식들이 우리 앞에 오기까지 가장 중요한 역할을 한 건 다정한 마음일 것이다. 가지고 있는 것 중 가장 예쁜 그릇에 정성스레 담아 전하던 마음. 맛있는 걸 나누고 싶은 마음. 새로운 맛이 주는 행복을 함께 누렸으면 하는 마음. 다양한 음식 사진들을 보고 있으면 그런 마음들이 느껴져서 조금 따뜻한 기분이 든다.

지금은 조선시대 상감 백자 중 가장 아름다운 예술품 가운데 하나로 꼽히지만, 백자 상감 연꽃 넝쿨무늬 대접도 한때는 다정한 마음을 주고받았을 것 같다. 그땐 그런 마음들을 담아내느라 이 대접이 더 아름다운 모습이었을 수도 있겠다.

백자 상감
연꽃 넝쿨무늬 대접

시대 조선 15세기

소장품 번호 동원 887

- 조선 초기 연질 백자로서는 보기 드물게 기벽이 얇고 정제되었으며 문양 표현이 섬세하다.
- 넝쿨의 특징을 간결하고 단아하게 표현하였으며, 여백의 아름다움까지 느낄 수 있다.
- 대접의 생김새는 중국 명나라 초기 대접과 매우 닮았지만, 상감기법이나 유약의 특징은 고려 백자의 전통을 따른 것으로 보인다.

참을 수 없는 순간

코로나19로 세상이 멈추고 일상의 모습도 바뀌어버렸다. 사람들은 '거리'를 두어야 했고 함부로 만날 수 없게 됐다. 회사들은 재택근무로 전환했고 웬만하면 집밖에 나오지 않았다. 좋은 일이 있어도 나쁜 일이 벌어져도 선뜻 손을 잡고 축하도 위로도 해줄 수 없었다. 사람의 온기가 사라진 거리에는 바람에 전하는 소식들만 나부꼈고 자동차와 오토바이만 도로를 가득 메웠다.

그럼에도 계절은 돌아왔고 꽃이 피더니 꽃비가 내리고 한여름의 태양 아래 나뭇잎은 그 어느 때보다 진하게 빛났다. 사람들의 욕망이 억지로 멈춰 선 뒤의 자연은 황사도 미세먼지도 사라지고 어느 때보다 푸르고 눈부셨다.

그러다 구름. 낮게 내려앉은 새파란 하늘에 갖가지 모양의 흰 구름이 떠다니는 날이 여러 날 이어지곤 했다. 뭉게뭉게 마치 처음 본 것 같은 구름이 하늘 위에 피어나던 날 SNS는 온통 하늘 사진이었다. 우리는 여전히 마스크를 썼고 쉽게 만날 수 없었지만 이것만큼은 참을 수 없다는 듯 각자의 자리에서 하늘을 향해 셔터를 눌렀다. 기대하지 않았던 보너스를 받은 것처럼 다들 '뭉게뭉게' 해졌고 그런 날들은 이런 세상이라도 제법 살 만하다는 생각이 들었다.

코로나 시대는 유쾌하지 않은 경험이었지만 한편으로 나쁘지만은 않은 시간이기도 했다. 비로소 제대로 '보게' 되었다. 나는 이제 백제 사비시대 문화를 대표하는 산수무늬 벽돌을 보면 머릿속으로 그 풍경이 자연스럽게 채색된다. 컬러라고는 없는 회갈색 벽돌에 펼쳐진 물과 바위와 구름 문양을 찬찬히 보노라면 장인이 어떤 풍경을 마주하고 흙을 만졌는지 알 것 같다. 그도 참을 수 없었을 것이다. 물빛처럼 푸른 하늘에 유유히 떠가는 구름과 있는 힘껏 초록을 내뿜고 있는 산의 정경을 그대로 만들어내지 않고는 못 배겼을 것이다. 어느 하루 우리가 셔터를 눌렀던 것처럼 분명히.

산수무늬 벽돌

시대 백제 7세기

소장품 번호 본관 13972

- 물결 뒤로 기암절벽, 봉우리 세 개인 산과 나무, 구름이 한 폭의 그림처럼 펼쳐져 있다. 자세히 살펴보면 집과 사람도 보인다.
- 전체적으로 좌우 대칭의 안정된 구조이며, 원근법이 나타난다.
- 부여 외리에서 모두 여덟 종류의 무늬 벽돌이 출토되었다. 산수무늬 외에도 봉황무늬, 연꽃무늬 등이 있다.

스키니진이 떠나간 자리에

더 이상 스키니진의 유행은 오지 않을 거라는 전망이 쏟아졌다. 어찌나 안심이 되던지, 안도하며 긴 숨을 토해냈다.

10년 전만 해도 너도나도 스키니진을 입었다. 여자도 입고 남자도 입고 어른도 입고 아이도 입었다. 흐린 색, 짙은 색, 찢어진 바지, 멀쩡한 바지. 다리에 딱 달라붙는 디자인이 여러 버전으로 출시됐다. 대다수의 평범한 사람들은 몸에 붙는 바지가 어울리는 체형이 아님에도 저항 없이 받아들였다. 세상에 똑똑한 사람들이 그렇게 많다는데 어떻게 된 일이었을까? 누군가 한 명쯤은 이런 바보 같은 짓을 멈춰야 한다고 목청을 높일 만도 하건만 속수무책, 온 세상이 달라붙는 바지에 잠식되고 말았다. 하지만 권불십년權不十年이라고, 입은 사람도 입은 걸 보는 사람도 괴롭게 했던 스키니진의 기세가 서서히 꺾여갔다. (정말 감사합니다.)

대신 하이웨이스트진이라는 멋진 이름으로 둔갑을 시도한 배바지가 유행을 주도하고 있다. 비교적 넉넉한 바지통에 배를 다 감싸주어 실용적인 것 같지만 배바지와 한 세트로 함께 다니는 크롭탑이 또 많은 사람들을 괴롭히고 있다. 신윤복이 그린 '저잣길'에 나오는 여인이 입은 저고리처럼 짧은 상의 말이다. 생선이 담긴 빨간 함지박을 이고 채소가 들어 있는 망태를 들었는데도 '크롭 저고리' 덕분인지 여인의 자태가 남다르다. 오버핏의 풍성한 치마와 속바지를 하이웨이스트로 동여맨 것만 봐도 과연 당대의 패셔니스타였다는 걸 알 수 있다. 그림 속 여인은 자잘하게 흘러내린 잔머리와, 겨드랑이 쪽에서 빼서 무심한 듯 시크하게 묶은 고름까지 지금 당장 따라 하고 싶게 만드는 멋쟁이.

조선 후기에는 '크롭 저고리'의 유행이 엄청났다고 한다. 가면 갈수록 짧아지다가 종국엔 가슴이 훤히 보여 옥양목으로 만든 가리개용 허리띠가 함께 판매고를 올렸다는 이야기를 들었다. 옛날이야기를 들으니 설마 이번에 유행하는 크롭탑이 하늘 높은 줄 모르고 위로 위로 올라가는 건 아닌지 걱정이 된다. 유행은 돌고 돈다지 않나. 아무리 그렇다 해도 제발 옥양목으로 배를 덮고 다니는 일은 벌어지지 않았으면, 스키니진도 영영 다시 볼 일 없었으면.

신윤복 필
여속도첩 중 저잣길

시대 조선 18세기
소장품 번호 덕수 1103

- 이 그림은 다음과 같은 점에서 신윤복申潤福(1758~1813년 이후)의 보기 드문 작품이다. 신윤복은 양반의 풍류를 풍자하는 그림을 주로 그렸으나, 이 그림은 서민의 일상을 표현했다. 아울러 배경을 치밀하게 설정하여 분위기와 인물 심리를 묘사하던 방식과 달리 인물만 그렸다.

煌丕昌天

거울 속의 너는 아마도

황비창천煌丕昌天, 한자 뜻을 풀어보면 빛날 황에 클 비, 창성할 창에 하늘 천으로, 밝게 빛나는 창성한 하늘이라는 의미를 지니고 있다. 황비창천이라는 멋진 글귀가 있는 고려시대 청동 유물은 정교하여 조각품처럼 보이지만 거울이다. 얼굴을 비추는 면은 반질반질하게 다듬어져 거울 역할을 하고 뒷면에는 가득 그림을 주조하고 가운데 끈을 꿰는 고리를 달았다. 섬세하게 그려진 그림과 꽃잎을 연상하게 하는 모양이 여느 명품 브랜드의 것과 견주어도 손색없다. 거울은 대체로 보이는 쪽이 주인공이지만 이것만은 보이지 않는 쪽, 뒷면이 주인공으로 남았다.

카페에 앉아 있으면 가끔 동네 중학생들이 온다. 중학생과 고등학생은 묘하게 다르다. 양쪽 다 청소년이라는 카테고리에 묶이지만 중학생 쪽이 더 거침없다. 그들이 부끄러움 없이 에덴동산을 활보하고 다닌다면, 고등학생들은 세상의 눈을 의식하게 된 존재다. 그래서 조금 더 조용하고 덜 화려하다. 중학생의 손에 주로 거울이 들려 있다면 고등학생은 빈손이다. 물론 어느 때건 거울에 관심이 없는 친구들도 있겠지만 카페에 드나드는 중학생들만큼은 거울을 사랑한다. 얼마나 사랑하느냐면 스마트폰만큼 사랑한다. 스마트폰에서도 카메라를 켜 셀프 모드로 자신을 바라본다. 처음 보는 신기한 존재라는 듯 왼쪽을 봤다가 오른쪽을 봤다가 위아래 각도를 다양하게 옮겨가며 얼굴을 바라보다가 탁 내려놓으면서 하는 한마디. "짜증나." 밑도 끝도 없어 보이지만 그들은 자주 짜증을 낸다. 마음에 드는 게 없다. 얼굴 색깔도 이목구비 생김새도 다 싫다. 싫은 것 천지다.

왼쪽 오른쪽 위아래 다 살펴도 모두 예쁜 사람들인데 그걸 모르는 게 안타깝다가도 그것까지 다 알면 청소년이 아니지 싶다. 그들이 든 거울 뒤에도 보이지 않게 '황비창천'이라고 크게 쓰인 듯하다. 살며시 다가가서 거울 뒤에 그림이 있다고 비밀을 말해주고 싶다. 파도가 몰아치는 거친 바다에서 한 척의 배에 의지해 용과 맞서 싸우는 사람들을 묘사한 그림인데 거친 풍랑이 비켜가지 않지만 그럼에도 크게 빛나고 아름다운 하늘을 만나게 될 거라고 알려주고 싶다.

'황비창천' 글자가 있는 거울

시대 고려

소장품 번호 덕수 607

- 개경 부근에서 발견되었다고 전하는 고려시대 청동 거울이다.
- 고려시대에는 다양한 형태와 무늬의 거울을 만들었는데, 그중에서도 가장 잘 알려진 것이 '황비창천' 글자가 있는 거울이다.
- 거친 바다를 무사히 항해하기를 바라는 마음으로 제작한 것으로 보인다.
- 거울이 처음 등장한 고대에는 빛을 반사하여 지배자의 권위를 드러내는 의례용 도구였지만, 점차 용모를 비추어보는 화장 용구로 바뀌었다.
- 본래는 반짝이는 구릿빛이었지만, 오랜 세월이 흐르는 동안 녹이 슬면서 지금과 같은 검푸른 빛깔을 띠게 되었다.

명망이도졍의옷듬되미견히그녕망을승이녀그ᄉ
를도ᄉᆞ하이조판셔로좌의졍을ᄒᆞ이시니승상이국을
ᄒᆞ야갈츙보국ᄒᆞ니당샹의리ᄀ벼부앤을ᄃᆞ히ᄋᆞ퇴새
ᄒᆞᆫᄒᆞ여나라이태평추쳥셩이라무엇시ᄉᆞ리욕원통ᄒᆞᆯᄉ
니니ᄒᆞᆫ풍이길을인ᄃᆞ길로소이다부인이그연고을뭇ᄌ
고녹슈난양ᄒᆞᆫ되세여왈부인이쳡일의나만을ᄅ
ᄃᆞ쐬쇼리난츈흥을치낫슬낫다어지쳡셩이되리요이
난발를ᄂᆞᆫ듸청학빅학우인이츄연왈츳역쳔슈오니어
ᄉᆞ상이경믈을귀경ᄒᆞ여류ᄒᆞ야길동이나히팔세라사
ᄒᆞ엿고구비엿

달의 뒤편

신발을 벗고 들어가야 하는 막걸리 집이 있었다. 지금은 다 부수고 새 건물이 들어선 종로 뒤쪽 골목 안이었다. 문을 열고 들어가면 낮은 상이 놓인 주막 같은 술집이었다. 스물에서 스물다섯까지의 우리들은 그곳에 자주 모였다. 유난히 달이 잘 보이는 자리에 앉아 막걸리를 마시고 헤어지는 게 습관이었다. 매번 비슷한 이야기가 오고 갔다. 누군가 소설 쓰는 삶을 살 거라고 하면 누구는 그래서는 안 된다고 했다. 소설을 쓰는 삶은 분명 어려울 거라고 했다.

옥신각신하던 어느 하루였다. 유난히 달이 둥글었다. 누군가가 답도 없는 지겨운 얘기 그만하고 재미있는 얘기를 하자고 했다. 만약 조선시대에 태어났다면 어떻게 살고 있을지 말해보라고 했다. 쓸데없이 자꾸 미래만 보지 말고 과거도 생각하자고 했다. 나는 얼른 불편한 한복을 뻗쳐 입고 알지도 못하는 남자한테 시집가서 1년에 스물네 번 제사상 차리면서 살았겠지 하고 말했다가 비웃음을 샀다. 그건 양반집아가씨 일생인데 무슨 근거로 네가 양반집에서 태어났을 거라고 생각하냐고 했다. 어느 누구는 한량이었겠지 뭐, 한마디 했다가 엄청난 비난에 시달렸다. 한량이면 양반이다. 놀고먹을 거라는 생각을 하는 건 너무 뻔뻔한 일이다. 농담 삼아 얘기하자고 해놓고 다들 진심이었다.

그중에 제일 진심은 소설가의 삶을 살겠다는 누구였는데 막걸리 잔을 비우더니 그가 외쳤다. “나는 허균이었을까?” 우리 모두는 잔을 들고 조용히 남은 막걸리를 마셨다. 사람들의 잘못된 회상을 바로잡던, 그러니까 소설을 쓰는 삶은 어려울 거라고 주장하던 그가 조용히 말했다. 지금 네가 조정래나 김훈은 아니잖아. 아마 저잣거리에서 필사해주는 사람 정도였을 거야. 소설을 쓴다는 건 쉽지 않은 일이야.

달이 휘영청했다. 달의 뒤편에 다른 삶이 있었으면 했다. 조선시대 베스트셀러라고 할 수 있는 한글 소설《홍길동전》같은 책을 친구가 꼭 쓰길 바랐다. 언젠가 조선시대에 뭐였을 거 같으냐는 우스개에 누구의 놀림도 받지 않고 당당하게, 나는 허균이었지 말할 날이 왔으면 했다.

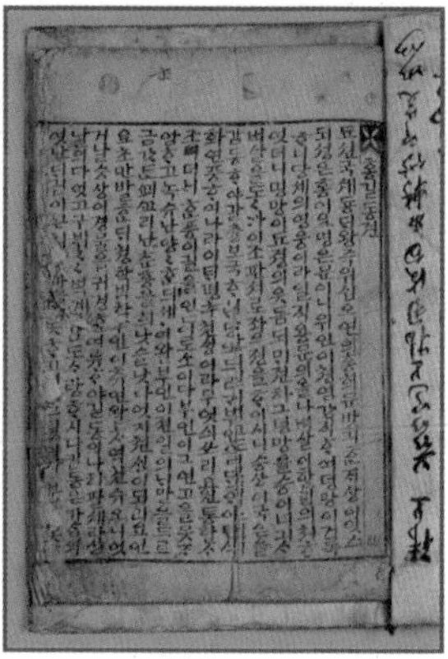

홍길동전

시대 조선 19세기

소장품 번호 신수 15190

- 허균許筠(1569~1618년)이 지었다고 전하는 한글 소설이다.
- 신분 차별과 사회 불평등을 비판했다.
- 주인공 홍길동은 둔갑술과 도술을 쓰는데, 현대적으로 분류하면 히어로물이라고 할 수 있다.

골짜기에 방울 소리가 들려오면은

시가 있었다. 아니 시가 있다. 있는데 우리는 마치 없는 듯 산다. 시詩가 있다는 걸 다 잊고 산다. 시를 읽는 것보다 급한 게 너무 많다. 집도 사야 하고 차도 사야 하고 주식 종목도 살펴야 한다. 호의호식 사치하겠다는 게 아니라 남들 사는 만큼만 살겠다는데 조금의 여유도 허락되지 않는다. 어쩌다 이렇게 시 한 줄, 시인의 마음 한 줄 읽을 겨를 없는 세상이 됐다.

어느 청년과 대화를 나눌 기회가 있었다. 요즘 읽는 것들에 대한 이야기였다. '보는' 것이 아닌 '읽는' 것에 대한 주제가 흥미로웠다. 최근에 '읽는' 이야기를 쉽게 나눌 사람들이 드물어서였다. 대화 끝에 청년은 수줍게 웃으면서 이렇게 말했다. "제가 시를 참 좋아해요."

머리에 종이 울리는 것 같았다. 이병률 시인의 〈시를 어떨 때 쓰느냐 물으시면〉이란 시 안의 구절처럼 그랬다.

"제가 시를 참 좋아해요." 그 말이 꼭 시 같아서 그걸 듣는 잠깐, 아니 그 하루 내내 세상이 사랑스러웠다.

초기철기시대 제사를 지낼 때 썼다는 청동 방울은 팔각의 별 모양에 방울 여덟 개가 달린 한 쌍이다. 같이 흔들면 총 열여섯 개의 방울이 울렸을 거다. 초기철기시대 사람들은 방울을 흔들면서 풍요와 모두의 안녕을 빌며 신을 불러들였을 것이다.

신이 여전하다면 방울을 세차게 흔들고 싶다. 종소리를 마구 울려서 시가 돌아오게 해달라고. 우리에게 시를 돌려달라고 말하고 싶다. 방울을 흔드는 것만으로 시가 돌아온다면 방방곡곡 골짜기마다 다니며 방울소리를 쏟아부을 텐데.

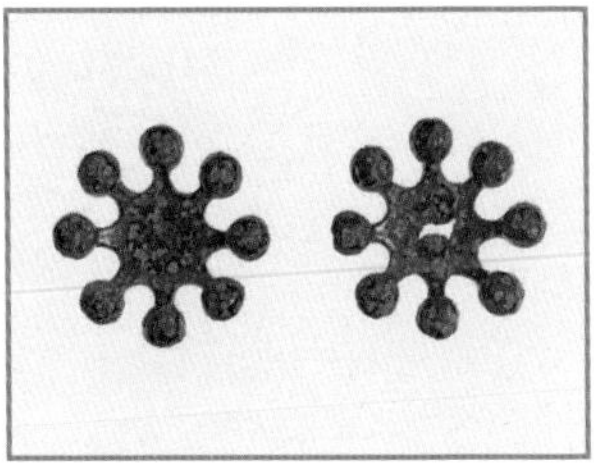

청동 방울

시대 초기철기

소장품 번호 신수 2580

- 두 손에 들고 흔들었던 의식용 도구로 추정된다.
- 팔각의 청동판에는 빗금과 점선을 이용한 무늬가, 둥근 방울에는 고사리무늬가 표현되어 있다.
- 비슷한 시기 중국이나 일본에서는 출토되지 않는 한반도 특유의 청동기라고 할 수 있다.

울기 위해 낙원으로

'배를 타고 복사꽃 마을을 찾아서'라니. 중국의 도연명이 지은 무릉武陵에 사는 한 어부가 배를 타고 가다가 길을 잃어 복숭아꽃이 만발한 별천지에 이르렀다는 이야기를 모티프로 그린 이 그림은 아름답다. 녹색과 대비되는 만발한 분홍꽃, 산과 산 사이를 부드럽게 흐르는 물의 풍경이 아름다워서 눈물이 난다. 늦봄의 꽃향기가 풍겨 나오는 것도 같다.

그려진 건 1915년. 그림의 위쪽에 보면 '을묘년 늦은 봄 심전 안중식'이라고 적혀 있다. 을묘년 늦은 봄 당대 화단에 영향을 끼치던 화가는 어떤 생각을 하며 이 그림을 그렸을까. 황순원과 서정주와 이우 왕자가 태어났던 그해. 독립군들이 죽음을 무릅쓰고 일어나고 잡히기를 반복하던 그해. 멀리 유럽 대륙에서 훗날 제1차 세계대전이라 이름 붙은 대전쟁이 한창이던 그해. 화가는 어떤 마음으로 붓 끝에 녹색과 분홍색의 물감을 묻혔을까?

SNS에 어느 아티스트의 외할머니가 그린 그림으로 만

든 달력이 올라왔다. 할머니는 구순이신데 할머니의 그림을 딸이 소량 제작해 가족에게 전달하는 모양이었다. SNS 속 사진에는 분홍색 꽃이 만발한 나무 곁에 작은 장독 세 개가 나란히 선 그림이 들어 있었다. 할머니가 시집가서 종종 울던 장소였다고 했다. 사진 속 소박한 그 그림을 한참 들여다봤다. 색을 입힌 결대로 눈물이 묻어나는 것 같았다. 새색시의 울음을 가려준 만발한 분홍빛 작은 꽃.

배를 타고 복사꽃 마을을 찾아가는 이유는 울기 위해서가 아니었을까 생각했다. 무릉도원이 낙원이라면 낙원은 실컷 울어도 되는 장소를 말하는 것일 수도 있겠다. 나라 잃은 화가가 정말로 가고 싶었던 낙원은 울고 또 울 수 있는 곳이었을지도 모르겠다.

적어도 1년에 한 번은 복사꽃이 피어나니 다행이다. 봄이 되면 조용한 복숭아밭에 숨어 모아둔 울음을 쏟아내야겠다.

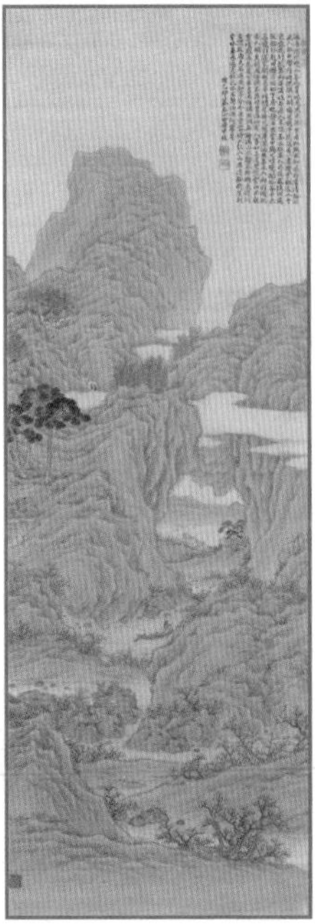

배를 타고 복사꽃 마을을 찾아서

시대 1915년

소장품 번호 동원 2556

- 안중식安中植(1861~1919년)은 장승업에게 그림을 배웠다. 왕의 초상화 제작에 참여할 정도로 실력을 인정받아, 조선 말기에서 근대에 이르기까지 화단에 지대한 영향을 미쳤다.
- 한국 최초의 근대적 미술 교육 기관인 서화미술회에서 제자들을 길러냈다.
- 광물성 녹색 안료를 전반적으로 사용해서 환상적인 분위기를 만들었다.

설명할 것도 없이 일단 너무 귀엽다. 도교 의례를 집전하는 도사道士로 추정된다는데 높으신 분도 이렇게 귀여울 수 있구나 싶게 귀엽다. 오가다 만나면 술 한 잔만 사달라고 조르고 싶게 편안하고 친근한 외모를 짐짓 근엄한 표정으로 감추려 한 것도 귀엽다. 등에 날개 모양의 손잡이를 매달고 복숭아 접시 사이로 술을 내어주는 도사님이라니. 이런 어른이라면 열 잔이고 백 잔이고 2차고 3차고 얼마든지 동행하겠다. 모습만 봐서는 호구조사나 직업 유무, 결혼 여부 따위 절대 묻지 않고 MBTI나 좀 물어보다가 조용히 술을 따라줄 것 같다. 고려 사람들은 무슨 생각으로 이렇게 귀여운 주전자를 만든 걸까 몹시 궁금해졌다.

이 주전자는 '동방삭'의 모습을 본 딴 것일 거라는 추측도 있다고 한다. '김수환무거북이와두루미삼천갑자동방삭' 할 때 그 동방삭 말이다. 그는 중국 한나라 무제가 총애한 실존 인물로 유머감각이 넘치고 촌철살인이 특기인 신선 같던 문인이었다고 한다. 결국 신들의 신인 서왕모의 복숭아를 세 개나 훔쳐 먹고 삼천갑자 그러니까 18만 년을 살았다고 하는데 그렇다면 그는 지금도 우리 곁에 어딘가에 살아 있겠다. 기원전 154년에 태어나 아직도 살 날이 17만 7천 년도 더 남았으니 말이다.

어쨌든 오래 사는 사람의 대명사가 된 동방삭 모습의 술 주전자로 술을 마시면 취하지도 않고 아프지도 않을 것 같다. 저 주전자에 술을 따라 마시면 오래 사는 것에 대해 이야기하고 오래 살기 위해 어떻게 잘 살아야 하는지 이야기하고 그래서 지금 잘 살고 있는지 이야기할 수 있을 것 같다.

지금 어디쯤 왔는지 진짜 내가 원하는 건 무엇인지 생각해본 지 오래다. 맑은 술을 앞에 두고 긴장 없이 계산 없이 편안하게 질문과 대답을 주고받는 시간이 귀해졌다. 빨리 마시고 금방 취해 어서 잊는 것 말고 천천히, 자세하고 꼼꼼하게 마음을 들여다보는 술 한 잔.

청자 신선모양 주자

시대 고려 12세기

소장품 번호 신수 3325

- 대구광역시 인근 과수원에서 발견되었다.
- 두 손에 선도仙桃를 받쳐 든 신선 모습의 술을 담는 주자이다.
- 소매가 긴 옷과 봉황이 장식된 모자, 선도를 든 모습으로 보아 도교 제사를 집전하는 도사로 보인다.
- 도교 전설에 나오는 서왕모西王母로 추정하기도 한다. 곤륜산 정상에 사는 서왕모의 정원에는 먹으면 불로장생한다는 복숭아가 열리는데, 이 주자의 인물 역시 복숭아를 손에 들고 있어서 연관성을 확인할 수 있다.

고르고 반듯했던 정리 왕

안다. 모르지 않는다. 아는데 자꾸 오해하게 된다. 화면 속 멋있는 정조의 모습은 정조대왕이 아니라 배우 이준호라는 걸 알면서도 이준호가 이산이고 이산이 이준호 같다. "너는 내 사람이니까." 정조대왕이 정확하게 이런 문장으로 말했을 리 없지만 저런 말을 건네는 왕이라니! 세월을 되돌려 조선 후기 정조 시대에 태어나고 싶을 만큼 몰입이 된다. "죽을지도 모른다, 생각했을 때 떠올랐던 얼굴은. 제발 한 번만 더 보게 해달라 애원했던 얼굴은, 너였다. 덕임아."라는 대사에 당장이라도 내일 법원으로 달려가 이름도 성도 바꾸고 싶어진다. "저이옵니다, 제가 성가 덕임이옵니다." 외치고 싶다.

물론 이것은 대부분 허구이고 드라마일 뿐이다. 조선의 다른 왕과 후궁과는 사뭇 다른 '밀당'이 오갔던 로맨스를 뼈대로 만들어낸 아름다운 상상이다. 하지만 정조에 대한 고증은 제법 설득력 있어서 어렴풋하게 정조가 얼마나 명석하고 영민한 왕이었는지 알 수 있다. 지금으로 치면 엄친아 중의 엄친아였을 것이다. 문文뿐 아니라 무武에도 뛰어나 활을 쏘면 겸손하게 일부러 한 발을 빗맞혔다는 정조. 드라마 속 그의 성격이 잘 드러나는 장면은 세손 시절 시중을 드는 궁인들에게 쏟아냈던 잔소리다. 단정치 못하거나 시간을 제대로 지키지 않은 궁인들에게 깐깐하게 구는 것이다. 이것만큼은 진짜겠구나 했다. 정리자만 봐도 그의 성격을 알 수 있으니까.

조선시대 '정리整理'라는 말은 주로 왕궁에서 쓰였다. 국왕이 바깥으로 행차할 때 호조에서 국왕이 머물 행궁을 정돈하고 수리해서 새롭게 만드는 일을 의미했고, 이를 관장하는 관리를 정리사整理使라고 불렀다. 정조가 주조한 금속활자인 정리자 역시 고르고 반듯하다. 이렇게 고르고 반듯한 걸 좋아하던 정조였으니 궁인의 매무새에 민감했다는 게 납득된다. 머리카락 한 올까지 신경 쓰는 정리 왕 정조의 모습을 상상하면 너무 차가운 느낌이지만, 그랬기에 수많은 일을 해낼 수 있었겠지. 개명할 생각 따위 접어두고 어질러진 내 방이나 깨끗하게 정리해야겠다.

정리자 활자

시대 조선 1796년, 1858년

소장품 번호 본관 3364

- 정조가 왕실의 권위를 회복하고 이를 과시하기 위해 기획한 을묘원행을 기념하는 정리의궤를 인쇄하기 위해 만든 것이다.
- 실제 정리자의 모습을 보면, 이전에 만든 활자에 비해 모양과 높낮이가 일정하다. 활자의 모양이 일정하면 조판을 할 때 활자의 높낮이를 맞추는 데 필요한 인력과 시간이 절약되므로 자연히 인쇄 속도를 높일 수 있게 되는 것이다.
- 조선시대의 금속활자는 만들기가 어렵고 재료 값도 많이 들어 민간에서 함부로 만들고 소장할 수 없었다.

잊지 못할 기억

절대로 잊히지 않는 몇 가지가 있다. 학창 시절에 배운 것 대부분 줄어드는 '기억 저장소'에서 사라져도 문제될 일 없는 것들이다. 그래도 가끔 다시 한번 써먹어보고 싶은 것들이 있는데 붓글씨 쓰는 법이 그런 것이다.

반듯하게 편 화선지 아래부터 쭉 쓸며 올라가 종이 맨 위에 문진을 놓고 벼루에 물을 조금 넣어 천천히 먹을 간다. 물을 너무 많이 부으면 먹을 오랫동안 갈아야 하고 색도 잘 나오지 않기 때문에 물 조절이 중요하다. 그렇게 준비를 마치고 드디어 붓에 먹물을 적신다. 여기까지는 굳이 기억하지 않아도 알게 되는 문방사우 사용법 정도인데, 그다음이 진짜다. 붓을 들고 글씨를 쓸 때의 자세. 왼팔을 직각으로 굽혀 책상 위에 놓아 붓을 든 오른팔의 팔꿈치를 받친다. 이때 당연히 허리가 펴져 있어야 한다. 붓을 든 오른팔은 45도 정도 내리고 손목이 일자가 되도록 한다. 붓은 너무 아래나 위를 잡으면 안 되고 중간에서 약간 아랫부분을 잡는데 엄지손가락과 나머지 네 손가락이 자연스럽게 붓대를 감싸야 한다.

흰 종이만 보면 낙서하고 싶은 감정이 들끓는 열 살 아이들은 흰 종이와 검은 물을 앞에 두고도 아무것도 쓰거나 그리지 못한 채 왼손이 오른 팔꿈치를 잘 받치고 있는지, 손은 자연스럽게 붓대의 위도 아래도 너무 중간도 아닌 적당한 위치에 두었는지 확인받아야 했다. 어깨에 힘을 빼야 했고 허리에는 힘을 줘야 하는데 둘 다 하기 힘들어 엉덩이를 오른쪽 왼쪽으로 씰룩대느라 종이에 뭔가를 쓰는 시간이 하염없이 지체되곤 했다.

조선시대 선비들은 여행을 떠날 때 휴대용 묵호와 붓을 지녔다고 한다. 여행 중에도 시를 짓고 그림도 그리고 편지를 쓴 것이다. 금강산으로 유람을 떠나면 말을 타고 평균 90리, 약 35킬로미터 거리를 이동하고도 지치지 않고 챙겨온 문방사우를 펼쳐 시서화를 즐겼다니 정말 대단하다. 말을 타면서 자세가 교정이 돼 열 살의 아이처럼 엉덩이를 씰룩대며 바른 자세를 잡지 않아도 되어서였을까.

열 살부터 초등학교 졸업할 때까지 서예를 배웠으니 글씨 쓰는 법을 기억해야 하지만 생각나는 것이라곤 자세뿐이다. 아, 또 하나. 새 하얀 티셔츠에 먹물을 흘리면 엄마한테 엄청나게 혼난다는 사실도.

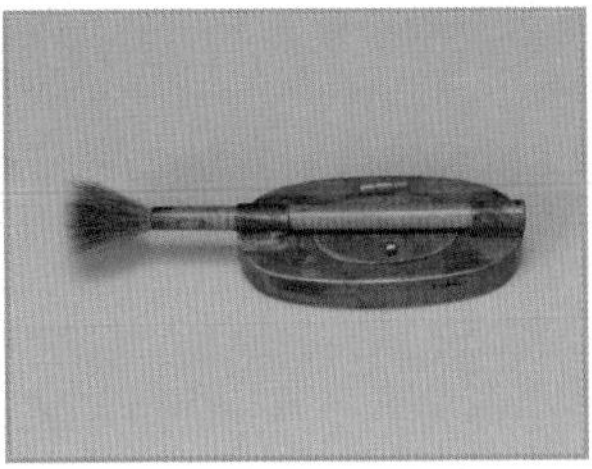

휴대용 묵호와 붓

시대 조선

소장품 번호 신수 11019

- 묵호는 먹물을 담은 통을 말한다.
- 이 휴대용 묵호는 황동으로 만들었으며, 붓대는 대나무로 되어 있다.
- 묵호에는 타원형 뚜껑이 있는데 내부에 먹솜이 있고 몸통에 원통형 대롱을 두 개 만들어 붓을 끼우도록 하였다.

즐거운 착각

'춤추는 아이'는 그림만으로 영상을 보는 듯하다. 움직임이 느껴지는 그림이다. 적당히 흘려 그린 것 같지만 치밀하게 계산된 옷자락 주름과 팔과 다리의 몸가짐 그리고 표정이 압권이다. 아이는 웃고 있다. 무아지경에서 나오는 자연스러운 웃음이다. 준비되거나 만들어지지 않은 날것의 표정이 그대로 살아 있다. 왼팔을 머리 위로 넘겨 오른쪽으로 꺾을 때 고개가 살짝 숙여지고 동시에 오른다리가 굽혀져 무릎까지 올라가는데 오른발은 힘을 주어 직각을 만들었다. 무슨 음악이 나오고 있었을까? 춤에 맞는 빠른 곡을 연주하는지 연주자들의 얼굴에도 흥이 가득하다. 북, 피리, 장구, 대금 주자 등의 환한 표정에서 리듬이 느껴진다.

단원의 '춤추는 아이'를 볼 때 음원 사이트에 들어가 '랜덤'을 걸어놓고 걸리는 음악을 들으면 신기한 경험을 할 수 있다. 최신 댄스곡, 힙합, 발라드에서 재즈와 클래식까지. 모든 노래가 그림과 어울린다. 방송 프로그램인 〈스트릿 우먼

파이터〉의 경연곡은 그중에서도 맞춤이다.

그 시대에 있지도 않았을 음악인데 마치 그림 속 연주자들이 듣고 있는 곡을 연주하는 듯한 착각이 인다. 대금에서 색소폰 소리가 흐르고, 북에서 드럼 소리가 나고, 해금이 첼로 소리를 연주하는 것 같은 착각. 아이의 춤이 멈춘 게 아니라 이어진다는 착각.

《여름이 온다》라는 그림책이 있다. QR코드를 찍으면 유튜브에 있는 비발디의 〈사계〉 영상으로 연결된다. 그림책을 넘기면 한여름 산에서 들에서 빗속에서 뛰어노는 아이들이 그려져 있다. 진초록인 산 위에서 내리쬐는 강렬한 태양과 물총놀이를 하는 아이들 모습이 이어지고, 세찬 빗줄기와 바람결에 따라 달라지는 물줄기가 지나간다. 이탈리아 사람이 작곡한 클래식 음악을 들으며 한국의 여름이 그려진 그림을 본다. 기가 막히게 잘 어울린다. 음악에 따라 물줄기가, 빗줄기가, 아이들이 움직이는 착각이 인다.

단원의 그림도, 《여름이 온다》의 그림도, 음악을 만나 평면이 입체적으로 살아나 움직인다. 정지한 모든 것의 플레이버튼인 음악. 예술은 서로가 서로에게 기대어 나아간다.

단원 풍속도첩 중
춤추는 아이

시대 조선 18세기

소장품 번호 본관 6504-24

- 단원 김홍도의 '풍속도첩'은 서당, 논갈이, 활쏘기, 씨름, 행상, 춤추는 아이, 기와 이기, 대장간, 노상과안, 점괘, 나룻배, 주막, 고누놀이, 빨래터, 우물가, 담배 썰기, 자리 짜기, 벼 타작, 그림 감상, 길쌈, 편자 박기, 고기잡이, 산행, 점심, 장터길 순서로 구성되어 있다. 이 작품명들로 알 수 있듯이, 각 계층의 생업 장면과 놀이 등 생활의 이모저모가 잘 나타나 있다.
- 원래 스물일곱 점이었으나, 군선도 두 점은 별도의 족자로 만들었다.

빗금 대신 무얼 새길까

사진이나 영상으로 재생 불가능한 아주 오랜 옛날의 일들이 궁금할 때가 있다. 가령 박물관에서 빗살무늬토기 같은 것을 볼 때다. 어떠한 자료도 남아 있지 않아 눈으로 확인할 수도 그래서 가늠할 수도 없는 그때가 너무 알고 싶다. 당장 유튜브를 열어 '빗살무늬토기'를 입력하면 누가 처음 만들었는지, 후세의 누군가가 다양한 자료들을 펼쳐 보이며 설명해줬으면 좋겠다. 저 빗금은 어떤 계기로 그려진 걸까? 누가 왜 어떻게 빗금을 긋게 된 걸까? 흙이 구워져 단단해지는 걸 알게 돼 토기를 굽기 시작한 건 이해가 가는데, 빗금을 그어 장식을 할 생각을 어떻게 하게 된 것인지. 그냥 그은 것도 아니고 왜 방향을 바꾸고 굵기와 길이를 다르게 한 디자인 요소를 잔뜩 넣어서 만들었는지. 똑같은 게 하나 없이 전부 다른 모양으로 할 생각을 어떻게 한 건지. 누구를 기다리면서 그은 건지, 누군가를 앞에 두고 새긴 건지, 잘 정리된 13분 정도의 영상이면 만족하겠는데.

없다. 당연히 없다. 그러니 늘 상상을 한다. 교과서에 그려져 있던 털옷을 대충 두른 신석기시대 인류의 모습과 그들의 주거환경을 배경으로 마음대로 이야기를 만든다. 시대를 알고 상상을 한다고 해도 내 머릿속에서 만들어내는 것이니 친근하다. 말투도 지금의 우리와 같고 관계도 다르지 않다.

뾰족하게 빚어놓은 예쁜 토기를 조심스럽게 들고 끝을 뾰족하게 만든 나뭇가지를 쥐고 집중해서 하나씩 빗금을 긋는 누군가의 둥근 등이 나타나고. 하나씩 빗금을 그을 때마다 회상으로 보이는 여러 장면들이 지나간다. 빗방울을 피해 뛰는 어린아이, 어른을 따라 먹을 걸 구하러 나갔다 보았던 바람에 휘휘 한 방향으로 흔들리는 커다란 풀, 나뭇잎을 떨군 날씬한 나뭇가지, 추운 날 언 볼을 녹여주는 따뜻한 열 손가락 같은 것들이.

상상 속 영상을 만들다가 지금의 나라면 매끈하고 뾰족한 토기에 어떤 걸 새겨넣을까, 나는 오늘 무얼 봤나 생각해 본다.

빗살무늬 토기

시대 신석기

소장품 번호 신수 22891

- 우리나라 신석기시대를 대표하는 유물이다.
- 신석기시대 사람들은 우연한 기회에 점토를 불에 구우면 단단해진다는 사실을 깨닫고 그릇을 만들기 시작했다.
- 토기 아래쪽에 뚫린 두 개의 구멍은 깨진 부분을 임시로 수리하여 사용했던 흔적으로 보인다.

이런 것들이 정말 신기하다. 2천 6백여 년 전 고대 그리스의 누군가가 쓰던 투구가 아시아대륙의 맨끝에 와 있다는 그런 사실 말이다.

군인이었던 그는 전쟁터에 나가는 날 통풍이 되지 않아 숨이 막힐 것 같은 이 투구를 쓰면서 무슨 생각을 했을까? 마른 빵 조각을 아침으로 먹고 세수를 하면서 오늘은 죽지 않기를 바랐을까? 투구를 쓰는 순간 사라져버릴 하늘을 마지막으로 오랫동안 바라봤을까?

만난 적도 없는 사이지만 투구 주인이 전쟁터에서 쉽게 죽지 않았기를 바라며 투구를 살펴봤다. 이 투구는 1936년 제11회 베를린 올림픽 마라톤에서 우승한 손기정 선수에게 건네진 부상이었다. 올림픽 정신을 직통으로 계승한 마라톤 종목의 우승자에게 올림픽의 나라 그리스의 유물을 주기로 했다. 제2회 파리 올림픽부터였다. 그러나 당시 국제올림픽위원회에서는 '아마추어 선수에게는 메달 이외에 어떠

한 선물도 공식적으로 수여할 수 없다'는 규정을 근거로 손기정 선수에게 이 투구를 수여하지 않았고, 식민지 우승자의 권리를 대변할 의지가 없던 일본으로 인해 이 사실은 잊혔다. 약 40년이 지난 1975년 손기정 선생은 메달 외에 부상이 있다는 걸 알게 됐고 베를린 샤로텐부르크 박물관에 보관되어 있던 투구의 반환을 추진했다. 그 노력은 그후 10여 년간 계속되어 1986년에 비로소 반환을 받는다. 손기정 선생은 "이 투구는 나의 것이 아니라, 우리 민족의 것"이라며 국가에 기증했다. 덕분에 지금 우리가 이렇게 가까이에서 볼 수 있다. 생각해보면 50년 전 부상을 받지 못한 채 돌아온 것이 오히려 잘된 것일 수도 있다. 일제강점기, 그 또한 일본의 차지가 될 수도 있었을 테니까.

투구는 너무 무겁다. 귀를 모두 덮고 있기 때문에 외부의 소리를 제대로 들을 수 없다. 투구의 주인이 지금은 바람이 시원한 곳에서 편안하길 바란다. 2천 6백여 년 전의 먼 대륙 유물에 감탄하는 우리의 소리를 전부 들으면서.

청동 투구

시대 그리스, 기원전 6세기

소장품 번호 신수 11349

- 서양 유물로는 처음으로 보물로 지정되었다.
- 1875년부터 약 7년간 그리스 올림피아 제우스 신전을 발굴한 독일 고고학 교수인 쿠르티우스의 발굴팀에 의해 발견되었다. 눈과 입을 제외한 머리 전체를 감싸는 형태이다.

조선판 여행 굿즈

처음 유럽에 갔을 땐 가진 돈을 털어 명품을 샀다. 관광하느라 땀에 전 옷을 입고 집시가 낚아챌까 몸에 붙여 멘 가방을 손에 꼭 쥐고 중심가 명품 매장에 들어갔다. 수트를 빼입고 머리를 말끔히 넘긴 향수 냄새 풍기는 남자 직원들은 웃고 있지만 웃지 않는 묘한 표정으로 인사했다. 예산에 맞추느라 큰 건 구경도 못하고 쭈뼛대며 신발을 신어보고 스카프나 벨트, 카드 지갑 같은 것들을 만지작거렸다. 돈 없는 티 내지 않고 왕 같은 고객으로 매장을 활보하고 싶은 건 마음뿐이었다. 괜히 위축돼 직원의 도와준다는 말에도 못 들은 척했다. 유럽의 부자들이 여유롭게 이것저것 요구하는 걸 힐끔거리면서. 스물 중반의 갓 사회생활을 시작한 청년은 내 돈 내고 물건을 사는 데도 용기가 필요했다.

그렇게 눈치 보며 어렵게 사가지고 온 명품이 주는 만족감은 오래가지 못했다. 겨우 장만한 명품은 연봉이 훨씬 높은 친구의 것에 금방 묻혔다. 유쾌하지 못한 경험을 몇 번 한 뒤로 유럽을 여행할 때 명품 매장에 가지 않는다.

명품 매장에 들르는 대신 더 많이 걸었다. 천 년 된 돌길을 걸으면서 이천 년 전 지어졌다는 건물을 지났다. 유명한 철학자들이 걷던 길, 작가들이 걷던 길, 음악가들이 걷던 길, 이름을 아는 사람들이 걷던 길 위에 발자국을 남겼다. 그리고 가끔 길을 걷다가 백 년 전의 거울이나 오십 년 전에 썼다는 재떨이를 샀다. 그 거리에 딱 하나뿐인 것들인데 명품 가격의 반의 반의 반도 안 됐다. 오늘 밤엔 한식을 먹어야지 하고 아껴둔 밥값 정도면 충분했다. 작은 것들이었지만 전부 사연이 있었다. 그런 물건은 돌아와서 두고두고 여행을 떠올리게 하는 진짜 '기념품'이 됐다.

길을 지나다 산山 모양의 연적을 만나면 당장 주머니를 열었을 것 같다. 산봉우리와 산맥 꼭대기에 팔각지붕의 절과 탑, 절 내의 인물, 승려로 보이는 삿갓을 쓴 인물, 그리고 산속에 있는 새와 동물까지. 작은 연적 안에 담긴 풍경과 이야기가 차고 넘친다. 사랑방 공간에서 감상하고 즐기는 와유臥遊의 도구로 수집하는 사람들도 많았다는 작은 문방구들. 조선을 여행한다면 다른 무엇보다 사연 있는 연적 하나 사야지.

백자 청화 철채 산모양 연적

시대 조선 19세기

소장품 번호 덕수 1490

- 조선 후기에 금강산 유람이 유행하면서 산山 모양 기물 등이 문인의 사랑방에서 자연에 대한 염원을 대변하였다.
- 길게 뻗어오른 산에는 꽃과 탑, 사찰, 인물이 곳곳에 있고 청화, 철화, 동화 등 각종 안료를 다양하게 장식하여 입체감과 생동감이 넘친다. 이러한 세부 묘사는 궁중 연향에 사용된 산대山臺와 정원의 괴석에서 영향을 받은 것으로 추정된다.
- 컴퓨터 단층 촬영 결과, 산 중턱에 위치한 구멍으로 물이 들어가도록 만들었다. 연적을 기울이면 기암절벽 옆면 수구水口에서 물이 나온다.

으리으리한 것에 대하여

'으리으리하다'라는 형용사를 자주 본다. 아침에 스마트폰을 켜고 본 포털 뉴스란에 뜬금없이 '으리으리하다'라는 말이 나오면 유명인들의 집 이야기다. 으리으리한 거실, 으리으리한 침실, 으리으리한 부엌, 으리으리한 마당.

으리으리하다는 뜻은 모양이나 규모가 압도될 만큼 굉장하다는 뜻이다. 이 형용사가 어울리는 공간은 으리으리한 박물관, 으리으리한 미술관, 으리으리한 공원같이 모두가 함께 쓰는 곳이라고 생각한다. 누구나 누릴 수 있는 공간이 규모가 압도될 만큼 굉장하다는 건 축복이다.

그런데 굳이 나누자면 집은 으리으리하기보다 나와 가족이 살기 편안하고 깨끗하면 된다는 쪽이다. 공간은 그 안을 이루는 것들로 완성된다. 가구나 가전제품 같은 물건과 사는 사람의 생활과 생각도 공간에 큰 영향을 준다. 그러니까 집은 그곳에서 어떤 생각을 하고 어떤 생활을 하느냐에 따라 크기가 결정되는 법이다.

고구려시대 죽은 사람의 내세를 위해 무덤에 함께 묻은 명기明器로 추정되는 집모양 토기는 집 한 칸이라고 할 때 딱 그 한 칸 집의 모양이다. 네모난 건물에 기와가 얹어져 있고 작은 구멍이 세 개 보인다. 창문 두 개, 문 하나. 명기는 상징적으로 실물보다 작게 만드는 게 특징. 옛날 고구려 사람들의 상징적인 집의 모양은 이렇게 지붕 아래 창문 두 개 문 하나였나보다.

사실 요즘 우리의 상징적인 집 모양도 비슷하다. '집'이라는 단어를 떠올릴 때 생각하는 이미지는 으리으리하고 화려한 공간이 아니라 집모양 토기와 같은 모습이다. 유명한 프랑스 건축가 르 코르뷔지에는 말년에 네 평 남짓한 작은 집에서 살았다. 집모양 토기만 한 집이었다. 날이 좋아 책상을 가지고 바다로 나가면 바다가 집이 됐다. 바다와 숲을 끌어안은 르 코르뷔지에의 네 평 오두막이야말로 으리으리한 집이었던 셈이다.

그는 "건축의 중심에 인간이 있다"라고 강조했다. 넓고 높기만 한 공허한 공간보다 작은 공간이라도 한 인간의 모든 것이 담겨 있다면 그 자체로 웅장할 수 있다. 고구려의 집은 어땠을까? 어떤 쪽으로 으리으리했을지 무덤 속에서 발견한 집모양 토기를 보며 궁금해진다.

집모양 토기

시대 고구려 5~6세기

소장품 번호 본관 8543

- 무덤에 넣기 위해 만든 토기로 추정된다.
- 지붕에 일정한 간격으로 골이 나 있어 기와 얹은 모습을 하고 있다.
- 토기 바닥에는 다른 물체에 고정하기 위한 것으로 보이는 원형 구멍이 있다.

樂浪金氏女
父戶長智源

우리들의 불안한 항해

매끄러운 흑색이 흑진주처럼 곱다. 정성스레 고른 돌을 여덟 꽃잎 모양으로 만든 작은 묘지명을 보고 있자니 알지도 못하는 이인데도 가슴이 아프다. 묘지명의 주인은 경주 향리 김지원의 딸인데 개성에서 출토됐다. 경주 향리 딸이 왜 개성에서 사망했는지 자세한 연유는 알 수는 없다. 다만 아직 어린 딸이 출장 가는 아비를 따라왔다 비명횡사해 개성에서 장례를 치른 게 아닌가 추측할 뿐이다. 꽃 모양 비석에 딸의 죽음을 새긴 아버지의 마음도 아프고 다 피워보지 못하고 세상을 떠난 딸의 인생도 슬프다.

《지킬 박사와 하이드》를 쓴 로버트 루이스 스티븐슨은 〈심술궂은 노년과 청춘〉이라는 짧은 글에서 이런 말을 했다.

"노년에 더 맛있는 죽을 먹겠다는 희망으로 청춘을 그 온갖 경탄스러운 기쁨과 함께 포기하는 것은 다른 문제다. 디저트가 나올지 안 나올지도 모르면서 풀코스의 정찬을 거절하고 식욕을 비축해두려는 배고픈 사람을 칭찬해서는 안

된다. 무모함이란 바로 이런 것임이 분명하다. 우리는 바닥에 물이 새는 배를 타고 거칠고 위험한 바다를 항해한다."[1]

태어났다는 건 거칠고 위험한 바다를 항해한다는 뜻이다. 풍랑 없이 잔잔한 바다를 떠다니는 생은 없다. 망망대해, 아름다운 바다는 존재만으로 위협적이기도 하다. 로버트 루이스 스티븐슨은 한 발 더 나아가 그런 거친 바다 위를 물이 새는 배를 타고 항해하는 게 인생이라고 말한다. 언젠가는 결국 가라앉고 말 배인 것이다. 새는 구멍의 크기에 따라 누군가는 조금 일찍, 누군가는 더 오래도록 바다 위에 떠 있는다.

경주 향리 김지원의 딸은 항해를 조금 일찍 마쳤다. 그 시절 아버지의 출장을 따라나올 만큼 적극적이었던 걸 보니 디저트를 먹겠다며 풀코스 정찬을 거절하는 어리석은 아이는 아니었던 것 같다.

나중의 달콤함을 위해 현재의 배부름을 포기하며 식욕을 비축하는 사람이 되지 않아야 할 텐데. 자꾸 나의 배에 물이 새고 있다는 사실을 잊는다.

경주 향리
김지원의 딸 묘지명

시대 고려

소장품 번호 덕수 2580

- 묘지墓誌는 죽은 사람이 누구인지 적어서 무덤에 함께 묻는 것이며, 여기에 적힌 글귀를 묘지명墓誌銘이라고 한다. 묘지는 돌에 새기거나 도자기 또는 흙으로 구워 만들기도 했다.
- 김지원 딸의 묘지는 돌을 깎아 여덟 잎의 꽃 모양으로 만들었고 가운데에 "낙랑김씨의 딸. 아버지는 호장 김지원이다."라는 글귀를 새겼다.
- 아버지의 이름을 새긴 것으로 보아 결혼하지 않은 어린 나이에 죽었을 것이다. 흔치 않은 꽃 모양의 묘지에서 어린 딸의 죽음을 애통해 한 부모의 심정이 묻어난다.
- 고려시대에 호장은 지방 사회를 실질적으로 통치한 최상층 세력으로서 수도 개경의 귀족들과도 왕래할 정도로 사회경제적 지위가 높았다.

반은 맞고 반은 틀리다

하고 싶은 일은 있는데 불러주진 않고, 시간은 많고 일은 없을 때였다. 티켓 값 만 원이면 볼 수 있는 낮 공연을 보려고 대학로에 갔다. 도로를 따라 늘어선 작은 천막 점집들이 새삼 눈에 띄었다. 한 번도 그곳에 들어가본 적이 없었는데 그날따라 자꾸 신경이 쓰였다. 생각 없이 깔깔 웃게 하는 코미디 연극을 보고 나와 결국 참지 못하고 사람 없는 한적한 천막 안으로 들어갔다. 평범하고 수수한 차림의 아주머니가 웃으며 반겼다.

뭘 보려고? 일이 안 풀려서요. 사주 봐줄까? 네. 3만 원. 네? 3만 원이라구. 아주머니는 노란 고무줄에 묶인 지폐뭉치를 손으로 촤라락 쓸면서 내 눈을 빤히 바라봤다. 기세에 눌려 지갑에서 3만 원을 꺼냈다. 아주머니는 낚아채듯 돈을 가져가 노란 고무줄 안으로 밀어넣으며 생년월일시를 물었다. 그리고 아주 성의 없게 책을 열어 몇 가지를 맞춰보더니 다시 뚫어지게 쳐다보며 말했다. 그래서 뭐가 궁금한데? 네?

뭐가 궁금하냐고? 그냥 앞으로 잘 사는지..잘 살아. 점점 나아져. 나의 긴 질문과 아주머니의 단조로운 짧은 대답이 몇 번 오갔다. 아주머니는 금방 지친 눈빛이 돼서 이번엔 어서 가줬으면 하는 표정으로 빤히 바라봤다.

슬슬 저녁이 되어가는 혜화동 거리를 걸으며 차라리 오스카 와일드의 단편 〈아서 새빌 경의 범죄〉에서 아서 새빌이 포저스에게 들었듯 나도 아주머니에게 저주스런 운명에 대해 들었다면 좋았을걸 생각했다. 그럼 다시 돌아가 당신이 내 인생에 대해 뭘 아느냐고 소리치며 삥 뜯긴 3만 원이나 내놓으라고 대판 붙었을 텐데. 잘 살아, 점점 나아져, 근거라곤 찾을 수 없는 희미한 희망고문이라니. 이제 와 얘기지만 '잘 살아, 점점 나아져'는 반은 맞고 반은 틀렸다. 잘되거나 안 되는 반반은 항상 삶의 디폴트 값이었다. 점점 나아지는 게 있으면 반드시 점점 나빠지는 것도 함께 존재했다.

아주 오래전부터 사람들은 운명을 알고 싶어했다. 아서 새빌도 요즘의 우리도 그 DNA에서 자유롭지 못하다. 조상들은 3만 원 대신 짐승의 뼈 복골卜骨로 점을 쳤다고 한다. 뼈에는 어떤 계시가 들어 있었을까? 희망고문이었을까? 운명을 바꾸는 저주였을까? 아마 뭐든 반은 맞고 반은 틀렸을 것이다. 우리 인생이 원래 그런 거니까.

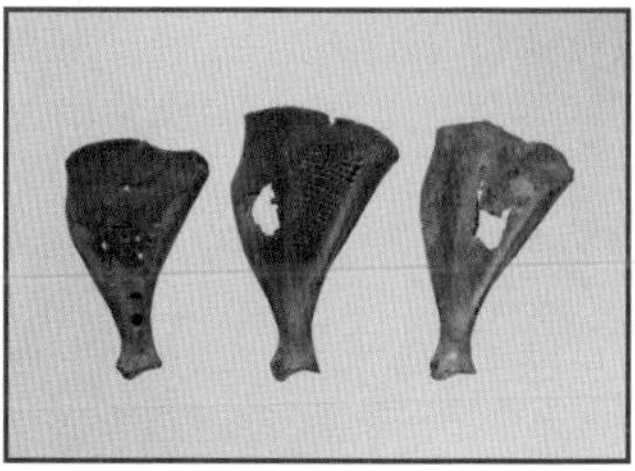

점뼈

시대 마한·진한

소장품 번호 광주 2654 등

- 점을 칠 때 사용하는 짐승의 뼈는 복골이라고 부르기도 한다. 미래를 점치는 데 사용된 복골은 우리나라뿐 아니라 중국과 일본을 비롯한 아시아, 유럽에서 북아메리카까지 전 지역에 걸쳐 발견된다.
- 점치는 뼈에는 미리 가로와 세로로 줄을 맞추어 둥근 홈을 팠다. 그리고 달구어진 도구로 지져 생기는 갈라짐을 보고 길흉화복을 점쳤다.

꿈의 여행

산이 많은 우리나라는 꽃 피는 나무보다 물 드는 나무가 월등히 많아 보인다. 대부분 초록이던 산은 찬바람이 불기 시작하면서 총천연색으로 변신한다. 절대 안 바뀔 것처럼 고집스럽게 초록을 뿜어내던 나무들도 노랗고 빨간 융단 같은 컬러로 잎을 치장한다.

찬바람이 불고 세상의 나무들이 색을 바꾸면 가을과 겨울 이야기가 담긴 노래를 듣는다. 들으면서 꿈 같은 여행을 시작한다. 길 건너에 네가 있는데, 그게 너무나 꿈 같다는 어느 남자의 이야기가 담긴 노랫말을 들으면서 상상으로 그 길에 서본다. 상상 속에선 전세계 어디든 갈 수 있다. 라흐마니노프의 교향곡을 들으며 그가 살았던 상트페테르부르크 거리에 서 있다가 뉴욕의 가을 한복판에도 간다. 음악을 들으며 가을 정취를 따라 이리저리 이 상황 저 상황에 나를 놓아본다. 때론 관찰자로 또 가끔은 주인공으로. 돈이 아무리 많아도 쉽게 할 수 없는 여행이다. 1년에 아주 잠깐, 나뭇잎이 물드는 가을에만 가능한 꿈 같은 여행.

조선 후기 선비 화가 정수영은 하필 아름다움이 절정인 가을에 금강산에 도착한다. 화가라면 참을 수 없었을 것이다. 절경 앞에 아무것도 그리지 않고는 못 배겼겠지. 멋쟁이 금강산은 계절마다 다른 이름을 가졌는데 가을엔 단풍나무 풍에 큰 산 악을 써서 풍악산楓嶽山이라 불렀다. 정수영은 스케치를 마치고 2년 동안 공을 들여 풍악산을《해산첩海山帖》이라는 그림첩으로 남겼다.

정선, 김홍도, 심사정과 같은 화가들도 금강산을 그림으로 남겼지만 정수영의 것은 조금 다르다.《해산첩》에는 가을이 그대로 담겨 있다.

금강산은 이제 정말 꿈에서나 갈 수 있는 꿈의 여행지가 됐다. 가을에 노래를 듣고 여행을 떠나는 것처럼《해산첩》을 보며 금강산 아니 풍악산에 다녀와야겠다. 구속도 경계도 없이 자유로운 꿈의 여행을 떠나야겠다.

해산첩

시대 조선 18세기

소장품 번호 동원 2192

- 선비 화가였던 정수영鄭遂榮(1743~1831년)은 평생 벼슬에 나아가지 않고, 다양한 화제를 다루면서 독창적인 화풍을 형성했다.
- 친구인 여춘영呂春永(1734~1812년)과 함께 금강산을 유람하면서 그린 초본을 바탕으로 2년 후에 화첩으로 제작한 것이다.
- '바다海'와 '산山'이라는 화첩 이름에 걸맞게 내금강, 외금강, 해금강의 풍경을 담았다.

어른의 도시락

어려서는 계절이 중요하지 않았다. 소중한 건 오직 사람이었다. 눈에 들어오는 건 또래뿐이었고 우리의 삶을 살아내는 데에만 집중했다. 수많은 낮과 밤, 봄과 여름과 가을과 겨울이 번갈아 차례대로 지나갔다. 헤어지면 큰일 날 것 같던 친구들과 1년에 두어 번 겨우 연락하는 사이가 되고, 친구 없이 보내는 저녁 시간이 더 이상 어색하지 않게 됐을 때 알았다. 진짜 어른이 됐다는 걸. 그러니까 드디어 제대로 풍류를 즐길 수 있는 시간이 온 것이다.

풍류風流. 풍성하고 풍요로우면서 풍부한 어떤 유의 것이 연상되는 글자 모양도 아름답지만 뜻 또한 매력적이다. '멋과 운치가 있는 일'이라니.

멋이고 운치라는 게 사람마다 제각각이라 풍류에 대해 각자의 정의가 있다. 21세기에 사는 나로서는 풍류 중의 풍류를 생각하면 고요하고 평화로운 너른 야외에서 맛있는 '혼술'을 한잔하는 것이다. 누구의 방해도 받지 않고 가장 아름다운 것을 벗삼아 천천히 취해보는 것. 더 이상 친구는 중요하지 않다. 바람도 구름도 지나는 모든 것이 벗이다.

술과 안주를 함께 담는 백자 동채 삼층 합은 풍류를 즐기기에 안성맞춤이다. '술'과 '안주'를 '함께' 담을 수 있는 '야외용' 합을 만든 선조들을 존경한다. 역시 진정한 풍류를 아는 분들이셨다. 처음 이 백자 동채 삼층 합을 봤을 때 아이디어에 감탄했다. 어떻게 저런 생각을 했을까? 술을 따로 담아 다니는 도시락이라니. 술병 아래로 술의 풍미를 높여줄 안주 넣을 공간을 만든 센스라니. 게다가 친환경적이기까지. 어디서든 발길 머무는 곳에 도시락만 쫙 펼치면 무릉도원이 펼쳐지는 시스템을 갖춘 최고의 생활소품. 풍류를 즐길 줄 아는 선조들의 지혜가 알알이 가슴에 박힌다.

봄밤처럼 따뜻한 바람이 부는 가을밤, 단풍을 떨구며 시리게 흘러가는 계절 속에서 간절해진다. 현대판 백자 동채 삼층 합을 누가 좀 만들어주었으면. 풍류를 아는 누군가 어디 안 계시나?

백자 동채 삼층 합

시대 조선 19세기

소장품 번호 덕수 1426

- 겉보기에는 일반 3단 찬합처럼 보이지만, 가운데 단이 술을 넣는 술병이고 아랫단은 안주를 담거나 윗단과 더불어 술잔으로 쓸 수 있다.
- 동화銅畫 안료로 바깥 면을 고르게 칠했으며 여기에 옅은 푸른색을 띠는 백색 유약을 씌웠다.
- 굽는 과정에서 곳곳에 동화 안료의 농담 변화가 있지만 전체적으로 깊고 차분한 느낌의 자주색을 띤다.
- 별다른 무늬나 장식 없이 색감만으로도 강한 인상을 주는 작품이다.

御製誌文
有明朝鮮國思悼世子墓誌
思悼世子諱愃字允寬臨御十一年歲
乙卯正月二十一日誕生卽㫌嬪所誕
也生而穎悟及其長也文理亦通其有
朝鮮庶幾之望嗚呼不學聖人反學太
甲慾敗縱敗之事嗚呼訓諭自省編心
鑑使作言教狎昵羣小將至罔古噫自
古無道之君何限而於世子時若此者
予所未聞其本生於豊豫不能攝心流
於狂也夙夜所望若太甲之悔悟終至
於萬古所無之事使白首之父作萬古
所無之事乎嗚呼所惜者其資所歎者
述編嗚呼是誰之愆卽予不能教導之
致於爾何有嗚呼十三日之事豈予樂
為豈予樂為爾若早歸豈有此諡講書
院多日相守者何為 宗社也為斯民
也思之及此良欲無聞遝至九日聞不
諱之報爾何心使七十其父遭此境乎
至此不忍呼寫歲玄黓敦牂月夏五閏
而即二十一日也乃復舊號特賜諡曰
思悼嗚呼近三十年為父之恩義伸于
此矣此豈為爾嗚呼辛丑血脉之 教
今只有世孫寔為 宗國之意也七月
二十三日葬于楊州中浪浦酉向原嗚
呼無他施惠賜嬪號曰惠嬪於斯盡矣
此非詞臣代撰者故卧而呼寫表予三
十年之義嗚呼思悼將此文而無憾于
予乎壬戌入學癸亥行冠禮甲子行嘉
禮娶豊山洪氏卽領議政鳳漢之女永
安尉柱元五代孫嬪誕二男二女一懿
昭世孫二卽世孫嘉禮于淸風金氏卽
叅判時默女府院君五代孫也長女淸
衍郡主次女淸璿郡主側室亦有三男
一女矣
崇禎紀元後百三十五年壬午七月 日

이름을 알지만 이름도 모르는 사이인 것처럼

면역력에 비타민D가 중요하고 그건 광합성으로 해결해야 한다는 이야기 때문에 산책을 시작할 무렵이었다. 처음엔 주머니에 손을 넣고 주로 땅을 보며 걸었다. 목적 없이 걸으며 사람들과 눈을 마주치는 게 영 어색해서였다. 그런데 그날 이어폰을 꽂고 고개를 푹 숙이고 걷는데 누군가와 툭 부딪혔다. 하얀 머리를 염색하지 않고 그대로 둔 근사한 헤어스타일을 한 여성이었다. "죄송합니다." "괜찮아요. 좋은 하루 보내세요." 눈웃음을 지으며 그가 지나갔다. 지나는 인사였는데 기분이 좀 좋아졌다. 이해관계가 없는 사람과의 가벼운 인사가 생각하지 못한 에너지를 주기도 한다는 걸 알게 된 후 나는 고개를 들고 걸었다.

앞을 보고 걸으니 며칠에 한 번은 그와 마주치게 됐다. 안녕하세요, 멋쩍게 인사를 나누다가 어느 순간부터는 가끔 저 멀리서 발견하면 팔을 세차게 흔들며 인사를 하기도 했다. 경적에 뒤를 돌면 운전석 창문에서 안녕하세요! 인사가 들리는 날도 있었다. 안녕하세요! 안녕하세요! 메아리처럼 서로 같은 말을 건네고, 별일 없으시죠? 잘 지내요? 비슷하지만 조금 다르게 안부를 묻는다. 그게 전부다. 우리는 이름도 모르는데, 안부를 묻는다. 시간이 흐르면서 대충하는 말이 아니라 진짜로 별일 없이 잘 지내길 바라는 마음으로 안부를 묻는다.

이름도 모르는 사람과 정겨운 인사를 나눈 날에는 이름을 아는 사람들과의 관계를 생각한다. 이름을 아는데 인사는커녕 마주치지 않았으면 하는 관계. 이상하게 더 화를 내고 상처를 주게 되는 관계. 뭔가 자꾸 더 큰 기대를 하게 되는 관계. 기대가 충족되지 않으면 미워지는 관계. 사도세자의 묘지에 수록된 영조의 글은 자식 잃은 아비의 마음이 절절하다. 사도思悼는 생각 사, 슬플 도. 슬픔을 잊지 않겠다는 의미다. 사도세자의 묘지를 보면서 슬퍼지기 전에 이름을 아는 사람들에게도 다정하고 친절해야지 다짐한다. 물론 쉽지 않겠지만, 그래도.

사도세자 묘지

시대 조선 1762년

소장품 번호 신수 3793

- 사도세자의 아버지인 조선 제21대 왕 영조(1694~1776년)가 쓴 것이다. 아들을 향한 감정이 잘 표현되어 있는데, 내용 중 일부는 다음과 같다. "9일이 지나 죽음에 대한 보고를 들었다. 너는 무슨 마음으로 칠십의 아비로 하여금 이 지경을 당하게 하였느냐. 생각이 여기 이르니 차마 쓸 말을 불러줄 수 없다. 임오년(1762년) 윤5월 21일의 일이다. 이에 옛 호를 회복시키고 특별히 시호를 내려 '사도'라고 한다."
- 묘지는 죽은 사람의 이름, 신분, 행적을 사기나 돌에 새겨 무덤 옆에 묻어주는 것이다. 경우에 따라 관에 직접 새기기도 한다.

[illegible]年[illegible] 乾隆[illegible]因[illegible]多以學之取信而以
[illegible]有客[illegible]之花[illegible]以[illegible] 增過太重
[illegible]以[illegible]書[illegible]
以經[illegible]於長來家事必求
留[illegible]易[illegible][illegible]年事[illegible]
此求事想不在廢閣中
[illegible]形[illegible]

寧州元 日謝生
金提 [illegible]六史

日前
見手札披荷音[illegible] 評後佳作
昔在[illegible]滕喜序且過[illegible]矣[illegible]
湖[illegible]用[illegible] 未[illegible]保祝[illegible][illegible]

자주 만나지 않더라도

"사람 사귀는 일은 참 시시하다. 너무 자주 얼굴을 대하다보면 서로가 새로운 가치를 마주할 시간이 없어진다. (…) 인간은 무리 지어 살면서 서로의 발에 걸려 곱드러진다. 이렇게 서로 존경하는 마음을 잃어가는 것이 아닐까. 그렇게 자주 만나지 않더라도 소중한 마음과 정성스런 만남은 이어진다."[2]

헨리 데이비드 소로가 했다는 이 말을 책에서 읽고 당장 밑줄을 치고 메모장에 옮겨 적었다. 관계에 지쳐 있을 무렵이었다. 인간 세상의 끊어낼 수 없는 관계라는 것에 진저리가 났다. 유통기한이 다 된 관계가 자연스럽게 정리되면 또다시 복잡한 인연들이 생겨나고, 사그라들고, 다시 관계가 피어나고 역시 질려버리는 반복.

소로의 말대로 무리 지어 지내면서 매번 서로의 발에 걸려 곱드러졌다. 팬데믹이 시작되고 반강제적으로 고립된 생활을 하면서 한편으로 조금 편안하기도 했다. 원하지 않는 자리에 나가 반갑지 않은 사람을 만나 아까운 시간을 쓰면서 에너지를 낭비하는 일을 하지 않아도 되어서였다. 그것이 하루를 얼마나 쾌적하게 만들어주던지. 처음부터 싫은 사람은 없었다. 안 좋은 일은 항상 너무 자주 만나다가 벌어졌다. 보고 싶지 않은 걸 보게 되고, 보여주기 싫은 걸 들키면서 서로에 대한 마음을 잃어갔다.

《김수항, 김창협 간찰첩》은 대를 이은 두 가문의 우정의 증거다. 김수항은 유창에게, 김수항의 셋째 아들인 김창협은 유창의 둘째 아들인 유득일에게 보낸 편지들이다. 편지의 내용은 단정하다. "보내주신 새해 선물은 매우 감사합니다. 이 좋은 물건들을 어찌 적막하고 쓸쓸한 집에서 얻을 수 있겠습니까. 고마운 마음을 말로 표현할 수 없습니다. 은혜로이 보내주신 붓 서른 자루 또한 잘 받았습니다. 이전에 보낸 것이 다 떨어져가는데, 이번에 또 이어 보내주시니 더욱 고맙고 고맙습니다. 나머지 많은 말들은 다 하지 않습니다. 섣달도 잘 보내시길 기도합니다. 삼가 이렇게 사례하는 편지를 올립니다." 감사를 전하고 받는, 안부를 전하고 받는 글 사이사이 존경과 신뢰가 가득하다. 더도 덜도 말고 딱 이 정도의 관계를 맺으며 살고 싶다.

김수항, 김창협 간찰첩

시대 조선 17세기

소장품 번호 구 8678

- 김수항金壽恒(1629~1689년)은 1678년 9월부터 1679년 10월까지 약 1년 사이에 유창兪瑒(1614~1690년)에게 여섯 통의 편지를 보냈고, 김창협金昌協(1651~1708년)은 유득일兪得一(1650~1712년)에게 약 열다섯 통의 편지를 보냈는데, 날짜가 확인되는 것으로 보면 1694년부터 1705년까지 약 10년에 걸쳐 있다.
- 간찰은 조선시대의 편지로, 문인들의 사적이고 내밀한 관계를 보여주는 사료이다.

모두가 하나씩 가졌더라면

겨울이 되면 남의 사정을 엿보는 것이 즐겁다. 눈 쌓인 작은 마을에서 벌어지는 드라마를 보며 따끈한 국물에 술 한잔 곁들인다. 레고 마을이나 인형의 집에 입장한 어린아이처럼 환상 속의 어딘가에 머무는 기분으로 이야기에 빠진다.

화면 속엔 같으면서 다른 세계가 있다. 한 인간으로 살아가는 그들도 나와 비슷한 삶을 산다. 먹고, 마시고, 웃고, 울고, 고민하고 해결하고, 계획하고 성취하고, 사랑하고 기대한다. 다만 다른 것이 있다면 그들의 삶은 훨씬 덜 복잡하다. 모든 일에 이유가 있고, 모든 관계에 기승전결이 있으며, 오해도 불만도 금방 사라진다. 그들의 대사에는 쓸데없는 '말'이 없고 그들의 관계에는 이유 없는 '사건'이 없다. 잠깐 어지럽다가도 금방 산뜻하게 풀린다. 추워도 따뜻하고 고립도 낭만적이다. 편집된 삶. 추운 겨울 밤 다른 세상에 접속하는 이유는 군더더기 없이 편집된 삶을 보며 하는 대리만족. 길고 긴 밤 애쓰지 않아도 아름답고 쉬운 삶에 잠시 몸을 담그면 다시 하루를 살아갈 온기가 생겨난다.

처음 이 은제 소꿉 도구를 봤을 때 깜짝 놀랐다. 이렇게 잘 만들어진 소꿉 도구가 있다는 것이 놀라웠고, 하나하나 그 모양새가 단순히 장난감을 넘어서는 아름다움이 있다는 것에 놀랐다. 이 은제 장식품들은 '한성미술품제작소'에서 명칭이 변경된 '이왕직미술품제작소'에서 만들어진 것이다. 이왕직미술품제작소는 1908년 대한제국 황실의 지원으로 설립되었다고 한다. 그래서인지 퀄리티가 상당하다.

일상 생활용기나 제기를 작게 만든 이 소꿉 도구가 펼쳐진 자리에는 다른 세계가 있었을 것이다. 훨씬 덜 복잡하고 원하는 대로 이루어지는 그런 세계. 적어도 이 소꿉을 가지고 놀았던 아이들에게 세상은 아주 조금 더 아름다웠겠지. 드라마라면 모든 아이들에게 소꿉을 선물해주는 환상적인 일이 벌어질 수도 있었을 텐데. 그 아프던 시절 나라의 모든 아이들에게 소꿉 도구 하나씩 있었더라면, 빼앗긴 조국 땅에서 잠시라도 온기를 느낄 수 있었을 텐데. 현실은 이렇게 아프다. 드라마 속 아름답고 쉬운 삶이 다시 부러운 순간이다.

은제 소꿉 도구

시대 대한제국

소장품 번호 신수 12449

• 높이 2.8센티미터부터 6.7센티미터까지인 이 작은 은제 장식품들은 한성미술품제작소에서 만든 것이다. 한성미술품제작소는 1908년 대한제국 황실에 필요한 전통공예품을 만들기 위해 설립되었다. 한성미술품제작소는 1911년에 이왕직미술품제작소로 명칭이 바뀌게 되는데, 이런 이유로 이 장식품들에는 한성미술품제작소와 이왕직미술품제작소를 나타내는 글씨가 찍혀 있다.

은밀한 것에도 드러난 마음의 방향

고려시대에는 강아지 밥그릇도 청자였다는 우스개가 사실이었나보다. '코리아'라는 이름을 알린 청자의 나라 고려는 과연 변기도 청자였다. 그저 변기일 뿐인데 천장이 높은 공간 어디쯤 조명 잘 받는 곳에 놓인 근사한 오브제와 견주어도 손색없다. 속이 적당히 뚫리고 가려진 디자인 덕에 일을 보고 나서도 눈에 거슬릴 일 없이 차분하다. 무슨 변기까지 쓸데없이 호화롭게 만드느냐고, 조선 선비들의 호통이 들려오는 듯하다. 물론 일부 귀족들의 호화 문화가 마냥 좋다고는 할 수 없지만 그럼에도 가장 은밀한 것까지 아름답게 만들고 싶었던 고려인들의 마음을 이해한다.

취향을 갖는 것을 꼭 사치와 연결시킬 필요는 없다. 취향이라는 단어 자체가 왠지 특별하게 누린다는 뉘앙스를 풍겨 오해를 사지만, 취향은 말 그대로 하고 싶은 마음이 생기는 방향이다. 남들 보기에 그럴듯한 고급 취향만이 취향은 아닌 것이다.

취향이 있는 사람들은 자기에게 질문하는 사람들이다. 하고 싶은 마음이 생기려면 내가 뭘 좋아하는지, 어떤 것에 반응하는지 나 자신에 대해 끊임없이 질문해야 한다. 시선을 밖이 아닌 안으로 돌려서 타인이 아닌 나를 궁금해해야 한다. 나는 다른 누군가가 될 수 없다는 걸 잘 알면서도 계속해서 남의 성공 비결을 캐내려는 바보 같은 짓을 멈추고서.

그냥 질문도 잘 못하는데 나에게 하는 질문은 더 어렵다. 그래서 나는 요즘 친구들을 만나면 묻는다. 뭐가 좋아? 어떤 게 재미있어? 자주 보는 게 뭐야? 어떤 기분으로 지내? 툭 던져놓고 이야기가 오가다보면 자연스럽게 내 이야기도 하게 된다. 나뭇잎처럼 작고 예쁜 말들을 잔뜩 나누며 추수를 앞둔 곡식처럼 알이 꽉 찬 시간을 보낸다.

취향은 중요하다. 하고 싶은 마음이 생기는 방향을 정하는 것만으로 삶이 깊어진다. 자기들끼리만 깊어지고 백성들의 마음을 들여다보지 못한 건 큰 문제였지만 고려시대 귀족들이 취향을 가졌던 걸 타박하고 싶진 않다. 이렇게 변기 하나로도 21세기 우리들이 스스로를 돌아보게 해주고 있으니까.

청자 배모양 변기

시대 고려

소장품 번호 본관 2148

- 고려 귀족들이 이동식 변기로 사용한 것으로 추정된다. 이러한 청자가 많이 남아 있지 않지만, 자세히 보면 번개무늬가 음각되어 있는 등 당시 화려한 문화를 엿볼 수 있다.
- 조선시대에는 이와 비슷한 모양을 한 구리 그릇 위에 나무틀을 씌워 '매화틀'이라고 불렀고, 임금이 그 틀에 걸터앉아 용변을 보았다.

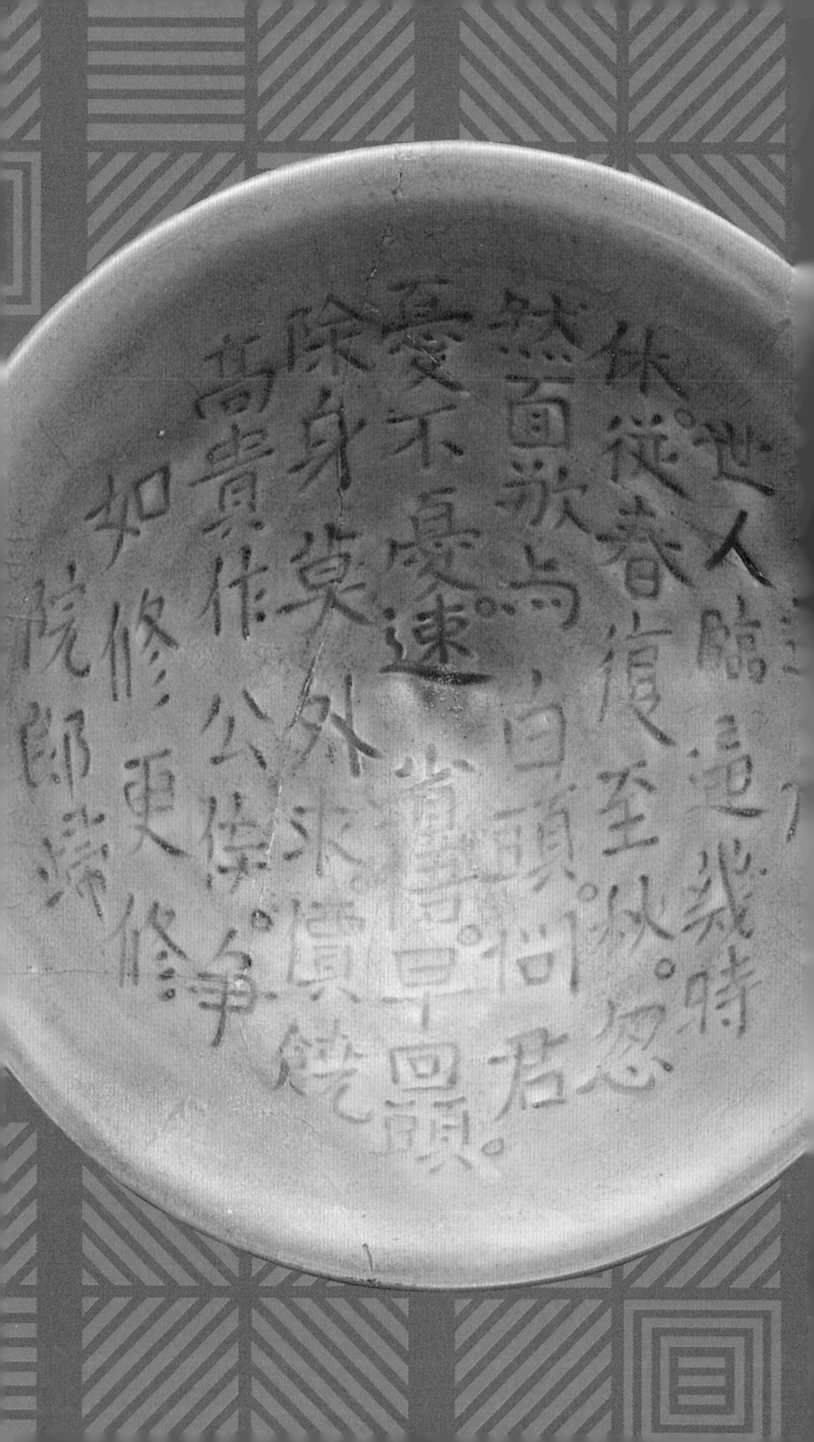

어머 이건 절대 놓치면 안 돼

고려시대 대표 문인 이규보는 서른 편이 넘는 다시茶詩를 남겼다. 그 시절엔 절친한 친구에게 철주전자를 선물하는 풍습도 있었다고 한다. 주전자뿐이겠는가. 청자의 나라이니 좋은 다완을 나누는 것도 풍류를 즐기는 방법이었을 것이다.

차 문화는 불교의 영향을 많이 받아 승려들을 중심으로 넓게 퍼져나갔다. 남쪽의 좋은 사찰 주변엔 차밭이 가득한 다촌이 있었고, 잘 만들어진 차는 사찰과 승려에게 가장 먼저, 다음으로 상류계급의 귀족들에게 전해졌다. 시간이 흐른 뒤엔 평민들에게도 전달돼 고려 후기에는 거리에 다점들이 생겨나기도 했다. 당시에도 지금의 카페 같은 곳에 모여 차를 마셨다니, 우리 민족은 마시는 것에 특화된 유전자가 있지 싶다. 덕분에 차를 마실 때 쓰는 다구들도 발전했다. 청자로 유명한 고려가 다구에까지 손을 댔으니 차 좀 마시는 사람들이라면 다구를 모으는 데 힘 좀 썼을 것이다.

시가 새겨진 청자 완은 중국 송나라의 것이다. 오늘로

치면 해외직구로 들여온 핫아이템이다. 고려 것도 좋았겠지만 남의 나라 물건이 탐나기도 했을 것이다. 지금도 우리나라 옷이 질 좋고 예쁘다는 걸 잘 알고 있지만 해외의 이국적인 아이템에 마음을 주지 않나.

송나라에서 온 이 다완은 위로 갈수록 시원하게 넓어지는 형태, 외벽을 단순하지만 깔끔한 줄무늬로 새긴 빼어난 자태가 눈을 사로잡는데 안쪽에 멋진 시까지 새겨져 있으니. '어머 이건 절대 놓치면 안 돼!' 소리가 절로 나왔겠다.

안쪽에 새겨진 시의 제목은 〈도정道情〉, '심정을 읊다'라는 의미다. 입으로 차를 마시며 눈으로 시를 읽으면 욕망에 흔들리던 마음이 차분하게 가라앉으며 궁극의 차 맛을 볼 수 있을 것 같다.

예뻐서 샀는데 의미까지 있다는 건 또 뭘 주문했냐는 가족들의 따가운 눈총에 당당하게 맞설 수 있는 방패가 된다는 말씀. 누구신지, 이 다완을 구매한 고려 선생님. 탁월하십니다!

시가 새겨진 청자 완

시대 중국 송

소장품 번호 덕수 2357

- 개성에서 출토된 중국 송나라 청자 다완이다.
- 중국 산시성의 요주요라는 가마에서 만든 것으로, 그릇 안쪽 면에 도교적 세계관을 담은 시를 새긴 후 유약을 발라 구웠다.
- 시 내용은 다음과 같다. "쉴 새 없이 허덕대는 세상 사람들이여, 봄에서 가을에 이르니 어느새 얼굴은 주름지고 머리는 세었네. 그대는 걱정되지 않는가. 한시바삐 깨닫고 일찌감치 고개 돌려 벼슬을 밖에서 구하지 말게. 명망 높고 고귀한 벼슬아치 되는 것이 어찌 닦고 또 닦는 것과 견줄 만하겠는가. 돌아가는 원랑院郞에게 부침."
- 고려시대 국제 교류가 활발했다는 것을 보여준다.

고양이라 불린 화가

별명으로 불리는 아이들이 있었다. 부모님이 좋은 뜻으로 지어준, 어딘지 지루한 이름보다 별명으로 서로를 부르며 아이들은 괜히 더 명랑해졌다. 아이들이 별명을 짓는 건 밑도 끝도 없었다. 제일 간단한 방법은 이름을 변형하는 것이었다. '사'라는 성을 가진 친구는 곤충과 접점이 하나도 없는 외모였는데도 졸업할 때까지 사마귀였고, '왕' 아무개는 묻지도 따지지도 않고 '왕서방'이었다. 어떤 친구는 반 아이 이모 이름과 같다고 내내 '큰이모'였고, 이름 마지막 자를 '팔'로 바꾸거나 이름의 앞 글자를 된소리 발음으로 부르는 것도 흔한 별명 짓기 방법이었다. 어떤 방식으로든 별명으로 불리는 친구들이 부러웠다. 친구들은 내 이름을 꼬박꼬박 성까지 붙여 불렀는데 너무 평범하고 특징이 없어서 궁여지책으로 그러는 것 같았다.

별명 이야기를 꺼낸 건 이 그림 때문이다. 잎이 다 떨어진 겨울 나무에 앉아 있는 귀여운 참새떼와 나무에 오르는 고양이, 나무 아래서 올려다보는 고양이가 그려진 '참새와 고양이'라는 그림이다. 두 고양이의 모습은 서로 희롱하는 거라는데 희롱하는 표정치고 너무 귀엽다. 풍경이 간결해서 참새와 고양이의 표정이 더 잘 살아난다. 다가가 살며시 고양이의 등을 쓸어주고 싶을 정도다. 마치 살아 있는 듯 생동감 넘치는 고양이 그림을 그린 화가는 변상벽이다.

양반사대부가 아닌 기술직 중인에서 사천私賤에 이르는 중·하층의 다양한 인물의 전기 자료를 모은 책인 《진휘속고震彙續攷》에 변상벽에 대한 이야기가 나온다. 변상벽은 당대의 국수였던 만큼 그린 초상화만 백 점을 넘게 헤아리고, 고양이와 닭을 잘 그려서 '변고양卞古羊, 변계卞鷄'라는 별명을 얻었다고 한다.

초상화 그리는 솜씨가 뛰어났다는 말은 의뢰가 끊이지 않았다는 것이고 요샛말로 잘 나가는 화가였을 텐데, 어이 변고양! 거기 변계 왔는가, 하며 친구들이 별명을 불렀다고 생각하니 참새와 고양이 그림이 더 친근하게 느껴진다.

고양이와 닭을 얼마나 좋아하고 잘 그렸으면 '변'으로 시작되는 수많은 별명을 두고 '고양'과 '계'로 불렸을까? 별명을 짓지 못하는 친구들에게 좋아하는 걸 이름 대신 붙여보라고 말해줘야겠다. 그나저나 나는 뭘 좋아했더라.

참새와 고양이

시대 조선 18세기

소장품 번호 덕수 1003

- 고양이를 섬세하고 실감나게 묘사한 것과 달리 고목은 먹을 듬뿍 찍어 대담하게 그려냈다.
- 변상벽卞相璧(1726년 이전~1775년)은 고양이와 닭 같은 동물 그림뿐만 아니라 초상화 솜씨도 뛰어나서 당대의 국수國手라고 불린 대단한 화가였다.

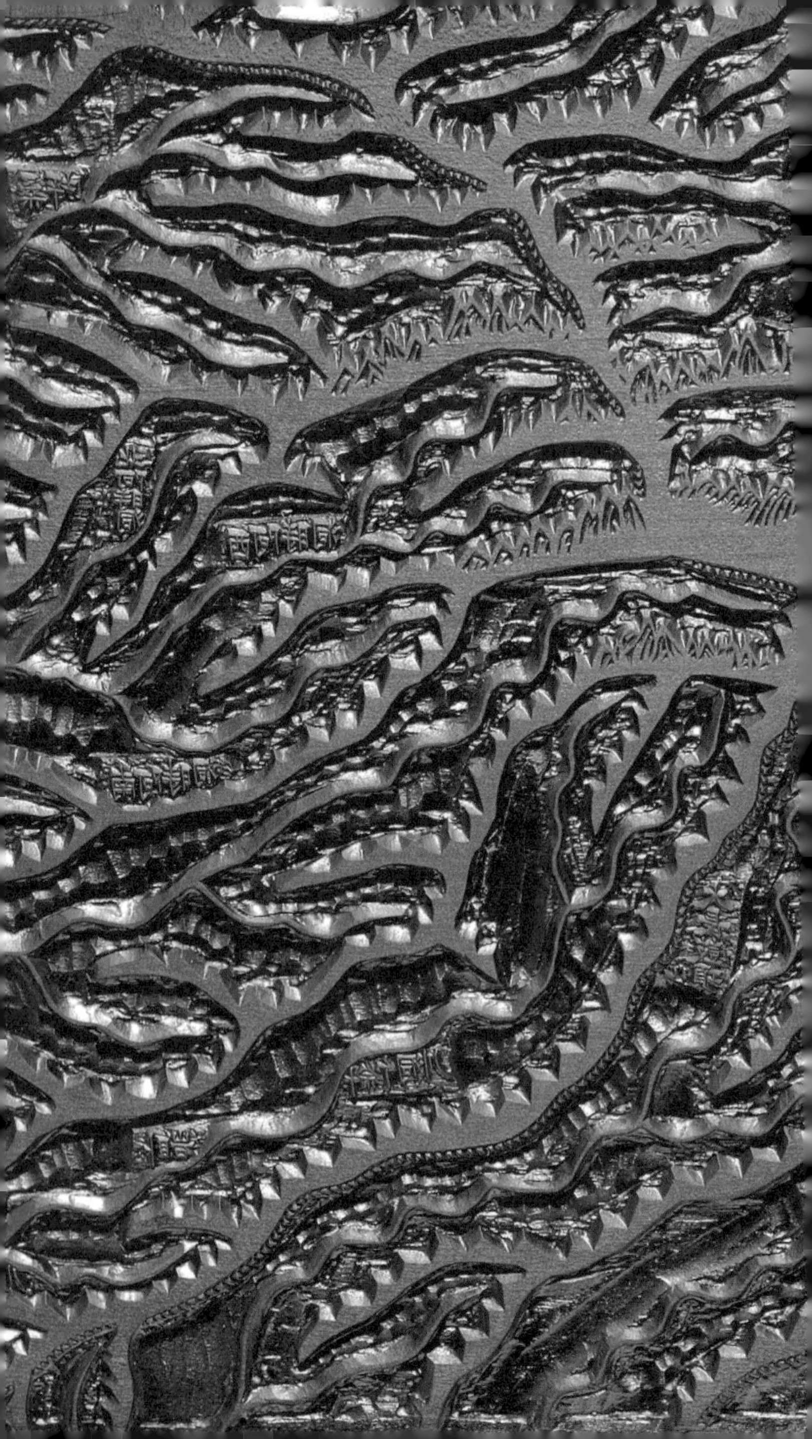

지도의 의미

김정호가 대동여지도를 제작한 과정에 대해 말이 많았다. 영웅서사에 목을 매던 지난 20세기에 김정호는 전국을 세 번이나 돌고 백두산에 일곱 번 올라가는 고행 끝에 지도를 완성한 선구자로 묘사됐다. 그에 대한 기록이 충분히 않아 정확한 사실을 알 수는 없으나, 아마도 그런 일은 없었을 거라는 게 학계의 정설이다. 이기훈 연세대 교수의 논문에 의하면 김정호는 측량 전문가라기보다 지도 연구가이자 제작 전문가일 가능성이 더 크다고 한다. 19세기 조선의 상황과 교통수단 등으로 미루어 전국 방방곡곡을 세 바퀴나 돌면서 지도를 만드는 건 물리적으로 불가능했다는 것이다. 이를 근거로 짐작해보면 김정호는 걷는 대신 다양한 자료를 수집하고 연구해 대동여지도를 완성했다고 보는 게 더 합리적이다. 만약 두 발로 이 땅을 모조리 밟아 증명했다면 지도 제작 기간이 더 오래 걸렸을 것이다. 걷는 시간 때문이기도 하지만 걷기라는 건 사람에게 여러 가지 뜻밖의 영향을 미쳐서다.

프랑스 사회학자 다비드 르 브르통은 산문집《걷기예찬》첫머리에 이런 이야기를 했다.

"걷는 것은 자신을 세계로 열어놓는 것이다. 발로, 다리로, 몸으로 걸으면서 인간은 자신의 실존에 대한 행복한 감정을 되찾는다. 발로 걸어가는 인간은 모든 감각기관의 모공을 활짝 열어주는 능동적 형식의 명상으로 빠져든다. 그 명상에서 돌아올 때면 가끔 사람이 달라져서 당장의 삶을 지배하는 다급한 일에 매달리기보다는 시간을 그윽하게 즐기는 경향을 보인다."[3]

김정호가 걸어서 지도를 만들었다면 중간중간 꽃과 풀과 물과 구름에 마음을 빼앗겨 시간을 보내지 않았을까? 대동여지도는 이어 붙이면 세로 약 6.7미터, 가로 약 3.8미터나 되는 거대한 전국지도이다. 실제 목판을 보니 이 많은 것을 정교하게 완성하기 위해 긴 시간의 걷기가 불가능했다는 쪽으로 마음이 기운다.

그는 비록 지도를 제작하느라 충분히 걷지 못했겠지만 그가 만든 이 지도 덕에 많은 사람이 그윽한 시간을 보냈을 것이다. 어딜 가든 방향과 거리를 알면 마음이 좀더 편하지 않았겠는가? 비록 영웅신화의 공식은 비켜갔지만 그의 삶이 많은 이의 시간을 구원한 건 분명해 보인다.

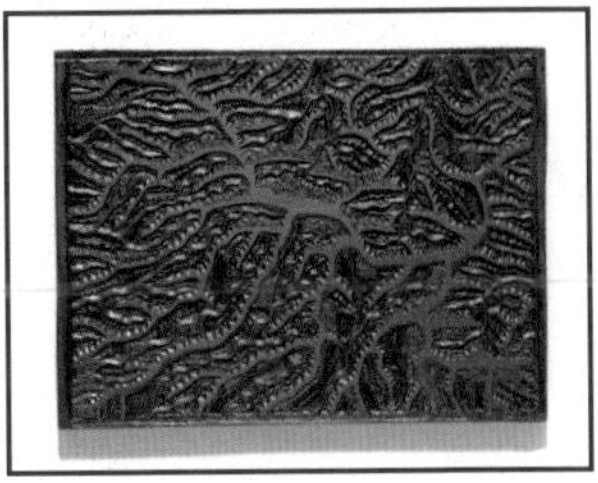

대동여지도를 찍어낸 목판

시대 조선 1861년

소장품 번호 K번 93(K 93)

- 김정호金正浩(추정 1804~1866년)가 제작한 이 목판에는 산줄기와 물줄기를 바탕으로 고을, 교통로와 통신시설, 군사시설 등 각종 정보가 정교하게 조각되어 있다.
- 이 지도를 펴내기 위해 약 60매의 목판을 제작했을 것으로 추정된다.
- 박물관에 소장된 열한 개의 목판에는 교정과 수정 작업의 흔적이 남아 있다.

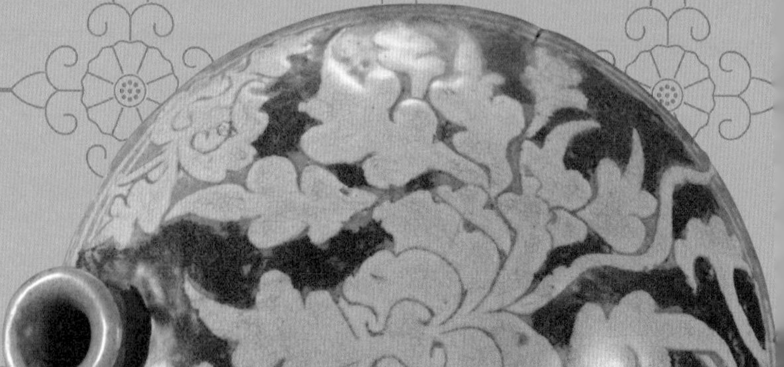

일회용 말고 단 하나

미국으로 이민을 간 친구에게 연락이 왔다. 사는 건 어때? 말이 끝나기 무섭게 계속 살 수 있을지 모르겠다는 대답이 돌아왔다. "일회용품이 너무 많아. 쓰레기가 너무 많아. 아무런 죄책감이 없어 보여. 생일파티를 한 번 하고 나면 플라스틱 컵이 커다란 쓰레기통으로 가득해. 쉽게 사서 쉽게 버리는 천국이야. 그걸 보는 나는 너무 괴롭고."

친구의 가방 안에는 늘 당장 쓸 일 없지만 언젠가 필요할지 모르는 것들이 준비되어 있었다. 친구는 오래전부터 장바구니와 텀블러를 챙겨 다녔다. 포장용기를 줄이기 위해 빈 용기를 가져가자는 '용기내' 캠페인이 시작되기 전부터 장보기용 빈 통이 따로 있었다. "나 하나로 극적인 변화가 있지는 않겠지. 하지만 적어도 나까지 쓰레기를 보태고 싶지 않아. 모두가 이런 마음으로 줄여나가면 변화가 생기지 않을까 하는 기대도 있고." 그런 사람이니 플라스틱 컵이 넘쳐나고 페트병이 수북한 데다 뭐든 대용량으로 사도록 유도하는 시스

템에 질릴 만도 했다. 그래서 어쩔 셈이냐고, 진짜 돌아올 생각이라도 하는 거냐고 다시 물었다. "아니 어떻게 그래. 여기서 할 수 있는 걸 해야지. 일단 얼른 사람들이랑 친해져서 잔소리를 좀 하려고. 집에 다들 텀블러가 열 개씩은 있을 텐데 왜 들고 다니지 않는 걸까? 그게 너무 답답해. 이웃들과 친해지면 우리 집에서 일회용품 없는 파티도 열어봐야지."

친구와 이야기 끝에 메시지로 분청사기 박지 철채 모란무늬 자라병의 사진을 보냈다. 조선시대에 쓰던 휴대용 물병이래, 누구는 술병으로도 썼고. 친구는 너무 아름답다며 환호했다. 여기저기서 기념으로 받은 플라스틱으로 만든 텀블러를 보면서도 한숨이 길게 나왔다면서 말했다. "저런 휴대용 물병이 집집마다 하나씩 아니 누구나 하나씩 있으면 정말 좋겠다. 평생 쓰는 용도로 말이야. 태어나자마자 나라에서 하나씩 보급하는 거야. 이건 당신의 물병입니다. 사는 내내 당신의 갈증을 해결해줄 것입니다. 이런 문구를 넣어서." 친구의 말대로 자고 일어나면 문 앞에 자라병 하나 놓여 있었으면 좋겠다.

분청사기 박지 철채 모란무늬 자라병

시대 조선 15세기 후반

소장품 번호 덕수 6231

- 참신한 도안과 신선한 색감에서 조선시대 전기의 활력 넘치는 시대적 호흡을 잘 드러낸 대표적인 작품이다.
- 자라를 닮아서 자라병이라고 불렀다.
- 백토를 두텁게 입힌 윗면에는 큼직한 모란무늬로 장식하고, 바탕에는 검게 발색하는 산화 철 안료를 칠했다. 백색 무늬와 흑갈색 바탕이 대비를 이뤄 강렬한 장식 효과를 낳았다.
- 끈을 매어 물이나 술을 넣어 가지고 다녔을 것으로 짐작된다.

차를 갈아타야 했다. 그대로 섬 한 바퀴를 돌아볼 사람들은 남아 있고, 바로 스노클링을 하러 하나우마 베이로 가는 사람들은 옆의 붉은색 SUV를 이용하라고 했다. 예고되지 않았던 일이라 차를 옮겨 타면서 잠깐 머뭇댔으나 차의 주인을 보고 안심했다. 중년에 접어든 평범한 한국 여성의 모습이 어딘지 익숙하고 친근했다.

아주머니는 능숙하게 차를 후진해 주차장을 빠져나와 해안도로를 달렸다. 푸른 바다와 하늘이 한 프레임에 들어왔다. 하늘은 영하 20도의 인천공항을 벗어나 아홉 시간의 비행을 마치고 하와이 공항에 도착했을 때 보았던 압도적인 모습 그대로였다. 필터를 입힌 듯 화사한 하늘이 이렇게 매일 계속될 줄 몰랐다. 안녕, 반가워. 이곳에 온 걸 환영해. 친절한 호텔리어의 반복되는 인사말처럼 눈부신 하늘은 멈추지 않고 아침이면 다시 돌아왔다. “끝내주네, 진짜.” 혼잣말을 들은 아주머니가 운전석에서 룸 미러로 흘깃 눈을 마주

쳤다. "좋을 거 같죠?" 그렇다고 했다. 부러워죽겠다고. 우리 부모님도 하와이에 사시면 얼마나 좋을까, 매일 그 생각을 한다고. "근데 정작 살면 똑같아요. 저 하늘이 계속되거든요. 무한 반복. 어제처럼 오늘도, 오늘처럼 내일도. 요즘은 비 오는 날도 많이 줄어서 더해요. 배부른 소리라고 하겠지만 솔직히 말하면 지루해요."

입장료까지 내고 들어갔지만 하나우마 베이에서 스노클링은 하지 않았다. 가져간 맥주를 홀짝이며 이곳에 처음 왔던 사람들을 생각했다. 사계절이 있는 나라에서 쫓기듯 이리로 온 사람들에게 저 하늘은 어떤 의미였을까? 지루한 하늘 아래서 고군분투했을 사람들의 일생에 대해 떠올려봤다. 사탕수수농장에서 짐승처럼 일했다는 남자들과 사진만 보고 잘 알지도 못하는 그 남자들에게 시집을 왔다는 여자들이었다. 그들은 지상낙원이라 불리는 섬의 지루한 하늘 아래서 나라를 돕는 일에 애썼다. 혹독한 추위 끝에 마침내 찾아오는 봄의 기운과 풍요를 풍요로 느낄 수 있는 무성한 여름, 코끝이 시원해지는 가을의 바람이 그리웠을까? 이방인으로 일하며 조국의 독립까지 신경 써야 했던 그 남자들 그 여자들의 지루할 틈 없던 삶. 그 덕에 우리의 사계절은 지금도 무사하다.

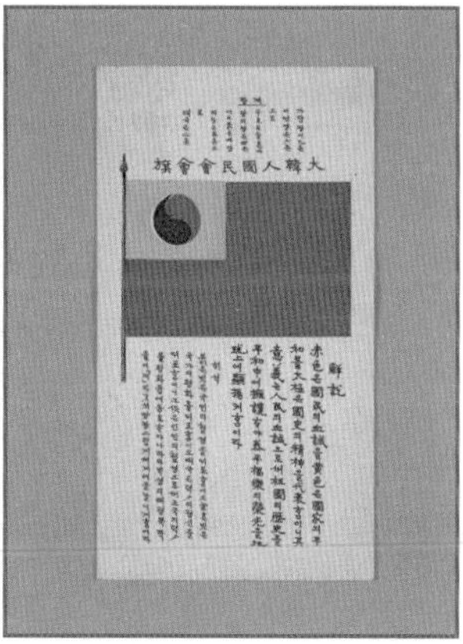

대한인국민회 깃발

시대 20세기 초

소장품 번호 구 2795

- 1902년 12월 22일 우리 동포 102명이 일자리를 찾아 최초로 하와이로 이민을 떠났다. 1908년 장인환, 정명운 의사가 친일 미국인 스티븐스를 저격한 사건을 계기로, 미국에 있는 한인들이 뜻을 모아 뭉치게 되었고, 1910년 5월 대한인국민회가 조직되면서 이 깃발을 만들었다.
- 깃발의 붉은빛은 국민의 혈기를, 노란빛은 국가의 평화를, 태극은 역사의 정신을 상징한다.

收稅牌

옛사람들처럼 그렇게

굳게 마음먹었다. 기간도 정해놨다. 딱 1년, 1년간 의류 관련 지출을 하지 않기로 나 자신과 약속했다. 블로그에 글도 올리기 시작했다. 옷 안 사기 프로젝트 1일차, 2일차, 3일차. 매일의 기록을 남겼다.

옷을 사진 않기로 마음먹은 건 여러 이유였다. 적당한 길이의 흰 티셔츠가 없어 주문했는데 필요한 날 택배를 받지 못했다. 어쩔 수 없이 옷장을 뒤졌는데, 누가 숨겨놓기라도 한 것처럼 흰 티셔츠들이 나타났다. 다른 형태와 소재, 미묘하게 색이 다른 흰색 티셔츠들이 계속 나왔다. 충격을 받아, 보존이 완벽한 유물을 발굴하는 학자의 심정으로 시간을 들여 옷장을 정리했다. 이렇게 쌓아놓고 옷을 계속 사다니 싶었지만, 그때까지만 해도 옷 사는 걸 멈추겠다는 마음먹진 않았다.

결정적이었던 건 환경 다큐멘터리였다. 헌옷으로 잠겨버린 강, 산처럼 쌓인 헌옷 쓰레기 더미로 막힌 마을 입구.

의류수거함에 잘 버렸고 누군가에게 유용하게 재활용될 거라고 믿었던 헌옷들은 누군가의 삶을 망치는 쓰레기로 남아 있었다. 내 눈앞에서 보이지 않을 뿐 사라지지 않은 채였다. 죄책감이 밀려왔다. 이제 정말 사지 말아야지.

정확히 6개월 만에 나는 무릎을 꿇었다. 참고 참다가 어느 날 새로 문을 열었다는 쇼핑몰에 간 게 화근이었다. 작은 귀걸이나 머리핀 같은 반짝거리는 것들을 좀 들여다보기만 하려고 했을 뿐인데. 작은 걸 바꾸고 나니 신발이 걸리고 그걸 해결하니 새 옷이 반드시 필요했다. 나름 절박한 마음이었다. 쇼핑을 마치고 돌아와 별 내용 없이 오늘도 겨우겨우 사지 않았다는 것을 매일 기록하던 블로그를 비공개로 전환했다. 역시 너무 강한 압박은 저항에 무너지기 마련이다.

조선 후기 유물 족두리전 수세패收稅牌를 보면 세금을 거두던 방식이 떠오르기보다 족두리전에 모인 여인들의 모습이 연상된다. 이름은 족두리전이라지만 족두리 외에 이런저런 장신구를 놓고 팔았다는데, 그 예쁜 것들을 보면 즐거워했을 누군가의 마음이 너무나 공감되면서 그때의 사람들에게 감정이입하고 있는 나를 다시 발견한다. 무조건 참기만 하는 건 부작용이 생기니 과하지 않게 넘치지 않게 적당하게 소비해야겠다고 다짐을 한다.

족두리전 수세패

시대 조선 18~19세기

소장품 번호 남산 1720

- 이 수세패는 정부에서 공인한 한양 시전 중에서 족두리전이 관할하는 점포로부터 세금을 거둘 때 사용한 허가증이다.
- 이 패에는 평시서平市署라는 글자가 보인다. 평시서는 시장 도량형과 물가 등을 관리하는 조선의 관청으로 몇몇 시전을 지정하여 세금을 대신 걷도록 하고 수세패를 발급했다.

뜨겁게 만드는 것들

시베리아 동쪽 사하공화국 야쿠츠크에서 기록된 최저 기온은 영하 70도였다고 한다. 영하 7도에도 양말의 두께가 달라지고 집을 나설 때 긴장하게 되는데 영하 70도라니. 그 정도면 화가 잔뜩 난 〈겨울왕국〉 엘사가 마구잡이로 저주를 퍼붓는 수준 아닌가? 사람이 살지 못할 것 같은데 도시가 있고 마을이 존재한다.

영상 속 야쿠츠크의 배경은 온통 하얀색이다. 도로도 강도 산도 연일 내리는 눈으로 덮여 있다. 모조리 하얗기만 한 공간을 구분하는 방법은 사람들이다. 해머로 얼음을 깨고 낚시하는 사람들이 모여 있는 곳은 강, 하루 300톤의 눈을 치우는 제설차를 운전하는 사람이 있는 곳은 도로, 순록을 키우는 사람들이 모여 있는 곳은 산. 사람들이 무얼 하고 있느냐를 보며 공간의 쓰임을 알아챘다. 모두가 잠들었을 때 눈은 다시 세상을 백지로 만들고, 아침이 되면 사람들은 눈을 헤집고 삶의 흔적을 남긴다.

추울 때 눈과 삶이 번갈아 등장하는 영상을 보면 이상하게 따뜻해진다. 그곳의 가을 날씨라는 영하 10도, 맨발에 슬리퍼를 신고 나와 노는 아이들이 있다. 겨울이 시작되고 연일 눈이 내리는 영하 20도의 어느 날 공원 벤치에 장갑을 끼지 않은 여인들이 앉아 차를 마시며 웃고 있다. 영하 30도의 마을에는 이방인을 집으로 들여 쿠키와 차를 대접하는 노인이 있다. 영하 40도의 산속에는 꽁꽁 언 손으로 순록을 길들이는 남자가 있다. 아이들의 빨간 볼이, 여인들의 웃음이, 노인이 건넨 달콤한 친절이, 동상에 걸려 퉁퉁 부은 남자의 손에 들린 따뜻한 차 한잔이 추위를 잊게 한다. 어느 온도 어느 상황에서나 뜨거운 게 존재한다는 것에 안도하면서 마음이 푸근해진다.

시베리아의 추위와 견주기엔 약소하지만 옛 한반도의 겨울도 못지않게 매서웠다. 집 안 가운데 놓고 쓰던 화로가 적잖은 위로가 됐을 것이다. 알고 싶다. 뜨거운 화로를 써야 했던 겨울, 그 시절을 더 뜨겁게 만들었던 것들 말이다. 몸도 마음도 얼지 않게 해줬던 지금과 같으면서도 또 다른 따뜻한 어떤 것들이 궁금하다.

철제 은입사 화로

시대 조선 19세기

소장품 번호 남산 261

• 몸체와 뚜껑으로 된 철제 화로이다. 바탕 전체에 홈을 낸 후 각 면마다 은 선을 끼워넣어 삼고초려도, 경작도, 탐매도, 관아도를 표현했다. 삼고초려도는 중국 삼국시대의 유비가 제갈량을 세 번이나 찾아가 초빙했다는 고사를, 경작도는 농부가 밭을 갈고 있는 장면을 그린 것이다. 탐매도는 눈 내리는 겨울날, 선비가 매화를 찾아나서는 장면을 그린 것이고, 관아도는 바위에 앉아 거위를 바라보는 장면을 그린 그림으로, 거위를 좋아했다고 하는 왕희지의 고사에서 유래하였다.

기도하는 사람들의 광배

여섯 살 아이가 몸을 웅크리고 잘 수 있는 크기의 방석이 수십 개, 아니 백 개는 거뜬히 넘을 정도였다. 시내버스와 시외버스 그리고 다시 시내버스를 번갈아 타고 한참을 달려 절에 도착하면 할머니는 짐을 풀고 방석이 가득한 방으로 갔다. 그 시절 어린 나는 그곳을 '방석방'이라고 불렀다.

아침부터 손녀딸을 데리고 먼 길 오느라 고단할 법도 한데 할머니는 지체하지 않고 쌓아놓은 것 중 제일 위에 있는 방석 두 개를 가져왔다. 하나는 내 것, 하나는 할머니 것. 이래라저래라 별다른 설명도 없이 손녀딸에게 방석 한 자리를 내어주고 곧바로 염주를 꺼내 절을 했다. 잘 들리지 않을 정도로 중얼중얼 소리를 내며 무릎을 꿇었다가 고개를 조아리고 다시 일어서기를 반복했다. 방석이 침대라도 되는 양 발목 아래가 삐쭉 나오게 대각선으로 누워서 할머니를 보다 잠이 들었다. 할머니가 뭐라고 하는 거지? 왜 자꾸 같은 말을 하는 거야?

내가 자라는 내내 할머니는 무슨 일이든 나무 관세음보살이었다. 학교에서 친구와 싸웠다고 울어도 나무 관세음보살, 수두에 걸려 학교에 못 가도 나무 관세음보살, 입시를 앞뒀을 때도 나무 관세음보살, 졸업식 때도 입학식 때도 나무 관세음보살.

관세음보살은 천 개의 손과 천 개의 눈을 가지고 있어 중생이 현세에 문제를 만났을 때 도움을 주는 부처라고 한다. 돌아가실 때까지 할머니의 나무 관세음보살은 나에게만 향했다고 생각했다. 장례를 치르면서 도움을 받은 이웃들과 친척들이 고마움을 전하는 걸 보고서야, 할머니의 나무 관세음보살이 여러 사람에게 전해졌음을 알았다.

사십구재를 치르고 꿈을 꿨다. 잘 계시냐고 물으니 할머니는 웃으며 나무 관세음보살만 반복했다. 할머니의 얼굴 뒤로 연가칠년延嘉七年을 새긴 부처의 불꽃무늬 광배처럼 반짝이는 빛이 가득했다. 할머니, 나무 관세음보살.

연가칠년을 새긴 부처

시대 고구려 539년(추정)

소장품 번호 신수 853

- 우리나라에서 제작연대를 추정할 수 있는 가장 오래된 불상으로 이 불상의 광배 뒷면에 '연가의 일곱번째 해인 기미년에 만들어서 오늘날의 평양 지역 사찰에 모셨던 천불상 중의 하나'라는 내용이 새겨져 있다.
- 옛 신라의 영토였던 경남 의령에서 1963년 발견되었다. 어떤 이유로 고구려의 것이 신라의 영토에서 발견되었는지는 알 수 없으나 출토지가 제작지와 다를 수 있음을 보여주는 좋은 사례이다.

책장 안에 단내가

바닥에 툭 나뒹구는 도토리를 발견했다. 강아지가 산책 중 냄새 맡느라 정신이 팔려 잠시 어느 나무 아래 머물던 때였다. 고개를 들어 나무를 보니, 가지 안쪽 커다란 잎들 사이에 작은 도토리가 네댓 개씩 모여 있었다. 어머, 이 나무가 도토리나무였네. 10여 년을 매일 지나던 길이었다. 그저 나무구나, 했던 나무였다. 이제 도토리나무가 뭔지 알게 되었다는 생각에 마음이 뿌듯했다.

새로운 걸 알게 되고 며칠 후 책을 읽고 다시 새로운 사실을 알아냈다. 그 나무는 도토리나무가 아니었다. 어디에도 도토리나무라는 건 없었다. 밤나무, 감나무 하니까 당연히 도토리가 열리는 건 도토리나무구나 했는데 아니었다. 도토리가 열리는 나무의 이름은 상수리나무. 떡갈나무, 졸참나무, 갈참나무, 신갈나무, 굴참나무와 함께 활엽수 참나뭇과에 속하는 상수리나무. 참나무는 그냥 참나무인 줄 알았다. 떡갈나무도 신갈나무도 상수리나무도 참나무일 거라고는 생각하지 못했다.

책을 읽으면 사물 각자의 이름을 알게 된다. 이름을 알면 그 사정도 헤아리게 된다. 사람에게도 마찬가지다. 철학자 비트겐슈타인은 "나의 세계관의 한계는 나의 언어의 한계"라고 했다. 유홍준 교수가 말한 '아는 만큼 보인다'의 철학적 버전이다.

조선시대 사랑방이라는 게 있었다. 손님들이 오가며 머물다 가는 곳이었다. 이곳의 주요 가구는 책장이었다. 가까이 두고 항상 읽는 책들을 넣어두었다. 주인도 읽고 손님도 읽었을 것이다. 책을 읽으면서 새로운 이름을 알게 됐을 것이다. 간결하고 차분한 책장 세 개의 층에는 어떤 책들이 있었을까? 때로 어떤 사물은 그 자체의 용도보다 내용물이 무엇이냐에 따라 의미를 부여받곤 한다.

어디까지나 짐작이지만 책이 빼곡한 책장 안은 단내가 가득했을 것이다. 책 속엔 없는 게 없고 못 갈 곳이 없고 만나지 못할 사람이 없다. 새로운 세상이 열리고, 알고 있던 세상의 다른 쪽 얼굴도 보여준다. 조금 과장해서 우주 만물이 가득하다. 사랑방 삼층 책장 안에 꼭 그렇게 대단한 가르침이 없었더라도 세상에 존재하는 것들의 이름을 조금 더 알 수 있었다면 그것만으로 달콤한 일이다.

삼층 책장

시대 조선 19세기

소장품 번호 남산 1205

- 사랑방에서 많이 사용했던 3단 책장이다.
- 형태와 구조는 간결하고 소박하지만, 기하학적인 면 분할과 견고한 짜임새가 어우러져 전체적으로 세련된 느낌을 준다.
- 뼈대는 참죽나무로 만들었고, 문짝은 결이 굵은 오동나무로 짰다. 오동나무 판재는 뜨거운 인두로 지진 뒤 볏짚으로 문질러서 단단한 나뭇결이 시각적으로 잘 드러났다. 이와 같은 기법을 낙동법烙桐法이라고 하는데, 목재에 깃든 아름다움을 자연스럽게 보여주는 효과가 있어 널리 쓰였다.

포근한 정성

우리 집 첫 강아지는 동생이 키우던 개의 새끼였다. 유기견이었던 동생의 개는 어쩌다 임신이 되어 새끼 네 마리를 낳았다. 첫째와 둘째는 입양을 보내고 두 마리가 남았을 때 동생의 간곡한 부탁으로 한 마리를 데려왔다. 두 달 동안 엄마 곁에서 젖도 먹고 교육도 받게 한 후였다.

처음 키우는 강아지였다. 작고 귀엽긴 하지만 두려웠다. 가슴에 손을 대면 심장이 콩닥콩닥 뛰는 생명이 혹시라도 잘못되진 않을까 전전긍긍했다. 자다가 깔리거나 침대에서 떨어질까도 무서웠고 무엇보다 비릿한 강아지 냄새가 어색해 절대 방에 들어오지 못하게 했다. 거실에 펜스를 치고 그 안에 강아지 왕국을 만들어줬다. 포근한 담요를 깔아주고, 향기 나는 배변패드도 놓아줬다. 강아지랑 크기 차이도 얼마 나지 않는 장난감 인형도 주고 앙증맞은 밥그릇과 물그릇도 준비해뒀다. 밤이면 인형의 집을 꾸미듯 정성 들여 정리를 해놓은 펜스 안에 강아지를 두고 문을 쾅 닫고 방으로 들어갔다. 강아지는 밤새 낑낑댔다. 어디 아픈가 하고 나가보면 꼬리를 살랑살랑 흔들었다. 잠을 못 자니 미칠 것 같았다. 겁도 없이 맡아버린 내가 원망스러웠다. 궁리 끝에 펜스를 걷어주니 더 이상 밤새 낑낑거리지는 않았다. 그 대신 동이 틀 무렵인 새벽 5시쯤이면 방문을 긁어댔다.

며칠 후 나는 방문을 활짝 열어줬다. 침대 위에도 올라오게 했다. 내 발목 어디쯤 작은 엉덩이를 붙이고 자는 강아지에 익숙해졌다. 방문을 연 이유는 동생 집에서 목격한 어미와 아기 강아지의 모습 때문이었다. 둘은 꼭 붙어 지냈다. 아직 아기인 강아지는 어미 곁에서 떠날 줄을 몰랐다. 발랄하게 집 안을 가로지르며 놀다가도 어느새 어미 곁으로 가 있었다. 잘 때면 더 심했다. 꼭 살을 맞대고 잤다. 새끼가 잠에서 깨면 어미는 온 얼굴을 핥아 세수를 시켜줬다. 나에게 오지 않았다면 우리 강아지도 받았을 정성이었다.

짐승 그림에 뛰어났다는 조선시대 화가 이암의 '어미개와 강아지'를 보면 새끼의 얼굴을 핥아주던 동생네 개의 모습이 떠오른다. 어미와 헤어져 밤새 무서웠을 그 시절의 우리 강아지도 함께. 그림 속 강아지 세 마리의 표정이 너무 편안하다. 특히 엄마 등에 올라탄 강아지의 노곤한 얼굴이 너무 귀여워 자꾸 들여다보게 된다.

어미개와 강아지

시대 조선 16세기

소장품 번호 본관 255

- 어미개와 강아지는 털 색깔이 바뀌는 부분을 자연스럽게 번지는 식으로 표현하는 등 비교적 자세히 묘사하였으나 배경의 나무는 간략하게 처리하였다.
- 이 그림을 그린 이암李巖은 왕실의 후손으로 전하나 그 생애에 대해서는 별로 알려진 것이 없다.

겨울에 우린

옛 보신각 동종의 있는 종각이 국립중앙박물관 안쪽에 고즈넉하게 자리한다. 정문으로 들어가 오른쪽으로 쭉 끝까지 가면 기와가 멋진 종각 아래 늠름한 보신각 동종이 보인다. 종각 안 네 개의 기둥을 꽉 채운 듯한 크기에 근엄한 모습을 하고 서 있다. 종각 아래 일곱 개의 계단을 천천히 올라가 울리지 않는 종을 바라보면 기분이 이상해지곤 했다.

어느 날 소리 없이 침묵하는 종을 보고 내려와 야외 석조물 정원 쪽으로 향했다. 종각을 끼고 오른쪽으로 돌면 순간이동을 하는 듯 지금까지와는 사뭇 다른 풍경이다. 그날도 역시 웅장한 박물관 건물과는 다른, 시대를 뛰어넘는 잘 가꾼 자연이 펼쳐졌다. 종각을 두른 돌담 안쪽에 웬일인지 사람들이 보였다. 벤치에 중년 여성 두 명이 웃음을 참으며 도시락을 먹고 있었다. 그 표정이 궁금해 일부러 천천히 걸었다. 무슨 재미있는 이야기를 나눴는지 듣고 싶었다. 한 사람이 말을 하자 한 사람이 고개를 끄덕이며 맞장구를 쳤다. 어린 시절 이야기인 모양이었다.

그들을 보고 나는 다시 돌아 종각으로 가 보신각 동종 앞에 섰다. 둥, 둥, 둥, 둥. 한 해의 마지막 날이면 울리던 종소리가 귓가에 들리는 듯했다. 잠시 풀어져 지낼 수 있었던 12월과 1월. 라디오 공개방송 특집과 연말 콘서트와 크리스마스와 학교 축제가 있던 계절. 1년에 한 번 '크리스마스카드'라는 명분으로 좋아하는 아이에게 마음을 전할 수 있었던 때. 다양한 핑계를 댄 선물이 오고 가고 하얀 눈 사이로 고백과 이별이 이어지던 추운 날들. 크리스마스트리를 감싼 반짝이는 꼬마전구와 그칠 줄 모르고 울려 퍼지던 캐럴. 김이 모락모락 올라오던 호빵과 붕어빵과 어묵. 온몸을 졸아들게 만드는 찬바람. 어디든 들어가면 따뜻해지는 포근함. 겨울이 만들어준 수많은 추억들.

어른이 되고 나서 겨울은 걱정이 많은 계절이었다. 출퇴근 빙판길 걱정, 폭설 걱정, 난방비 걱정, 연말연초 인사치레 걱정. 걱정하며 사느라 잊고 있었다. 겨울이 얼마나 행복한 계절이었는지를. 둥, 둥, 둥 보신각이 울렸던 계절, 우리들이 서로를 알아가던 계절, 따뜻하게 해줄 것들을 열심히 찾아보던 계절, 길고 긴 밤이 유난히 반짝이던 계절. 겨울은 그런 계절이었다.

보신각 종

시대 조선 1468년

소장품 번호 신수 18240

- 조선 1468년(세조 14년)에 만들었다.
- 태조의 계비인 신덕왕후(1396년 사망)의 무덤인 정릉 곁의 원찰願刹에 있던 것을 오늘날의 탑골공원에 있던 원각사로 옮겼다. 이후 1594년(선조 27년)에 종루로 옮겨 걸어 시간을 알리는 데 쓰다가 이 종루에 1895년(고종 32년) 보신각이라는 현판을 걸면서 보신각 종으로 불리게 되었다.
- 오랜 타종으로 균열이 염려되어 1986년에 국립중앙박물관으로 옮겨 보존하고 있고, 박물관의 용산 이전에 따라 2005년 지금의 자리에 세웠다.

모든 삶은 아름답다

"아름다운 삶은 헤아릴 수 없을 만큼 다양한 형태로 존재한다."라는 눈부신 문장을 발견했다. 마리아 포포바의 《진리의 발견》이라는 책에 나온 문장이다. 울음이 터져나왔다. 눈물이 흐르는 정도가 아니라 왈칵 쏟아졌다. 왜 그랬을까, 한참을 생각했다. 며칠 전 그 일 때문일까?

갑자기 죽고 싶었다. 미래가 너무 두려웠다. 갈수록 앞으로의 생을 당해낼 자신이 없었다. 지금도 버티고 사는 것이 쉽지 않은데 30년, 40년 후 운이 나빠 그보다 더 오래 살게 된다면 과연 한 인간으로 존엄하게 살 수 있을까 자꾸 걱정이 됐다. 할머니가 된 모습이 그려졌다. 어렸을 때는 미래의 나를 멋쟁이 할머니로 상상했다. 드라마에 나오는 큰 저택에서 좋은 차를 타고 고급 옷을 걸치고 우아하게 식사하는 그런 할머니. 이제 그런 것은 인생에 절대로 일어나지 않을 옵션이라는 걸 안다. 요즈음 그려지는 미래의 나는 가난하다. 일어나지도 않은 일이라지만 미래를 담보하지 못하는 현재의 내가 너무 못나서 그냥 사라지면 좋겠다고 생각했다. 그리고 포털 사이트에 다섯 글자를 입력했다. '죽고 싶어요' 미소를 짓고 있는 두 사람의 그림 위로 "당신은 소중한 사람입니다"라는 문장이 쓰인 창이 열렸다. 대답도 안 되고 위로도 되지 않는 말이었다. 대신 배경이 된 그림 속 사람들이 하트를 들고 웃는 표정이 묘하게 마음을 움직였다. 반가사유상의 미소를 머금은 표정이 떠올랐다.

정말로 사람들을 살리고 싶다면 "아름다운 삶은 헤아릴 수 없을 만큼 다양한 형태로 존재한다." 같은 문장이 쓰여 있어야 할 것이다. 마리아 포포바의 문장을 읽고는 지금의 내가 만드는 미래의 삶이 아름다울지도 모른다는 희망이 생겼다. 사람들이 무너지는 이유는 희망의 빛이 사라져서라고 하지 않나.

곧 다시 가야겠다. 반가사유상의 머리 위 조명이 별처럼 빛나는 게 좋다. 별처럼 헤아릴 수 없이 다양한 형태의 삶을 상상하게 해준다. 그 아래 인자한 웃음은 그 모든 것이 아름답다는 걸 말해주는 것 같고. 희망을 잃지 말아야지. 두렵지만, 고요한 공간에 기대 아름답게 살아봐야겠다.

반가사유상

시대 삼국시대 7세기 전반

소장품 번호 덕수 3312

- 이 불상은 국립중앙박물관 2층 사유의 방에 상설전시 중인 국보 반가사유상 두 점 중 하나이다.
- 반가사유의 자세는 석가모니 부처가 출가하기 전, 싯타르타 태자일 때 인간의 생로병사를 깊이 고뇌하며 명상에 들었던 모습에서 비롯되었다. 반가사유상은 우리나라 삼국시대에 미래의 구세주인 미륵보살 신앙과 관련하여 만들어졌다고 보기도 한다.

이 책에 등장한 소장품

시대 구분 후 가나다순으로 표기했으며, 국외에서 만든 소장품은 별도로 분리했습니다.

구석기

주먹도끼

신석기

빗살무늬 토기

초기철기

청동 방울

삼한

점뼈

고구려

연가칠년을 새긴 부처

집모양 토기

백제

산수무늬 벽돌

신라

반가사유상

봉수모양 유리병

고려

경주 향리 김지원의 딸 묘지명

철조여래좌상

청자 배모양 변기

청자 신선모양 주자

'황비창천' 글자가 있는 거울

조선

김수항, 김창협 간찰첩

꽃과 나비

단원 풍속도첩 중 춤추는 아이

대동여지도를 찍어낸 목판

백자 달항아리

백자 동채 삼층 합

백자 상감 연꽃 넝쿨무늬 대접

백자 청화 철채 산모양 연적

보신각 종

분청사기 박지 철채 모란무늬 자라병

사도세자 묘지

삼층 책장

신윤복 필 여속도첩 중 저잣길

어미개와 강아지

전 김홍도 필 평안감사향연도

정리자 활자

족두리전 수세패

참새와 고양이
철제 은입사 화로
해산첩
홍길동전
휴대용 묵호와 붓

근대
대한인민국회 깃발
배를 타고 복사꽃 마을을 찾아서
은제 소꿉 도구
채용신 필 숙부인 전주이씨 초상

그리스 기원전
청동 투구

중국 송
시가 새겨진 청자 완

참고문헌

1 로버트 루이스 스티븐슨, 이미애 옮김, 《게으른 자를 위한 변명》, 민음사, 2017.
2 헨리 데이비드 소로, 김경원 옮김, 《고독의 발견》, 에이지21, 2019.
3 다비드 르 브르통, 김화영 옮김, 《걷기예찬》, 현대문학, 2002.

박물관을 걸으며 생각한 것들
사적인 국립중앙박물관 산책기

1판1쇄 펴냄 2022년 8월 31일

지은이 이재영
사진 · 감수 국립중앙박물관

펴낸이 김경태 | **편집** 홍경화 성준근 남슬기 한홍비
디자인 박정영 김재현 | **마케팅** 전민영 | **경영관리** 곽근호
펴낸곳 (주)출판사 클
출판등록 2012년 1월 5일 제311-2012-02호
주소 03385 서울시 은평구 연서로26길 25-6
전화 070-4176-4680 | 팩스 02-354-4680 | 이메일 bookkl@bookkl.com

ISBN 979-11-92512-03-7 03810

이 책에는 Mapo꽃섬체가 사용되었습니다.
마포 브랜드 서체의 지적 재산권은 마포구에 있으며, 무단 판매, 배포 및 수정을 금합니다.